张永康文学作品集

城市野猫
CHENG SHI YE MAO

张永康·著

光明日报出版社

图书在版编目（CIP）数据

城市野猫：张永康文学作品集／张永康著. –北京：光明日报出版社，2012.9

ISBN 978–7–5112–3237–3

Ⅰ.①城…　Ⅱ.①张…　Ⅲ.①中国文学–当代文学–作品综合集　Ⅳ.①I217.2

中国版本图书馆 CIP 数据核字（2012）第 218662 号

城市野猫：张永康文学作品集

著　　者：张永康	
出 版 人：朱　庆	终 审 人：孙献涛
责任编辑：曹　杨	策　　划：力扬文化
封面设计：力扬文化	责任校对：傅泉泽
责任印制：曹　净	

出版发行：光明日报出版社

地　　址：北京市东城区珠市口东大街 5 号，100062

电　　话：010–67078258（咨询），67078870（发行），67078235（邮购）

传　　真：010–67078227，67078255

网　　址：http：//book.gmw.cn

E‐mail：gmcbs@gmw.cn　caoyang@gmw.cn

法律顾问：北京市华沛德律师事务所张永福律师

印　　刷：成都蓉军广告印务有限公司

装　　订：成都蓉军广告印务有限公司

本书如有破损、缺页、装订错误，请与本社发行部联系调换

开　　本：880×1230　1/32	
字　　数：125 千字	印　张：5
版　　次：2012 年 12 月第 1 版	印　次：2012 年 12 月第 1 次印刷
书　　号：ISBN 978–7–5112–3237–3	

定　　价：30.00 元

写作人张永康

刘成东

　　文学圈中，大凡认识张永康的人，或称张永康为奇人，或曰张永康是怪才。奇，或者怪，大抵都是有奇异、罕见、不同寻常的意思。张永康与其他诸多文朋诗友之别，或许就在于他的不同寻常，乃至于出人意料。

　　张永康，原盐边县弄弄坪人氏，初中毕业成为上山下乡的知青，在新坪乡体验农村生活多年，后来进县城参加工作，在物资局任库房保管员。几年后物资局人员解散，便偕同妻子自谋出路，在雅砻江边开商店，卖烟卖酒卖矿泉水，还在店门口摆了一张台球桌，以招揽生意。后来搬进盐边新县城，有了新房，也有了一家当街旺铺。妻子打理生意有一套，周转迅速，门庭若市，张永康则甘愿打下手，做小工，为商店每月的进账也有些许奉献，生意好，全家的日子也就开始小康起来。在走向幸福生活的岁月中，张永康念念不忘的，依然是与经商无关的文学写作。或许，写作才是张永康的最爱，或执著，或随意，既问耕耘，也问收获。

　　认识张永康已有二十余年了，此公内心深藏名利之欲，脸上却写着与世无争。我赞成朋友们对他的评价——怪才，言行和作品，出手不凡的人才。这样的人才，恰好又在市井中生活，于平凡的日子里总有不平凡的事情显山露水。

　　第一次见张永康，是在老盐边乡下，当时有市县作者在那里采风，张永康来得较晚，正值午餐。来晚了被罚酒，1988年的张永康年轻，抽烟一支接一支，喝酒一杯又一杯，从不推辞。时至今日，未见张永康醉过，当然也就没有闹酒疯之说。近年来，因患有胃病，听医生劝告而忍痛戒了烟酒。

据说，喜欢抽烟喝酒的人，爱好多多。20世纪八九十年代，县城晚上有坝坝舞，张永康也是舞池中的常客，无论三步四步都旋转得有如行云流水，被在场的青年男女捧为明星。善舞的人也很多，张永康与人共舞如鱼得水，问其师从何人，他口吐狂言：无师自通，跳舞还需向人学么？

不仅是跳舞，奇怪的事还有唱歌。一个抽烟喝酒的人，居然还有一副特别柔情的嗓子，居然还能打动男女听众。那一年在国胜乡采风，当晚就感受了他的民族唱法，一曲曲歌唱山乡美景和民族风情的清唱，让我和我的文朋诗友们赞不绝口。要知道，在座的人中还有好几位音乐爱好者呢。

那一晚，张永康唱歌出尽了风头。第二天问他，为什么能够熟记那么多歌？他说，那些歌的歌词，都是出自他的手笔。

张永康写歌词，找音乐人谱曲后，居然能四处传唱。那一夜在国胜乡，就有众多舞家姑娘唱他写的歌，姑娘们闻其名，却不知道他写歌也唱歌。诸如《三源河小夜曲》、《阿，二滩》、《国胜茶歌》，他同姑娘们唱得风生水起，一曲接一曲地没完没了。张永康说，这一生得意之作，就是上了央视三套节目的《彝家百灵鸟》，歌词简洁流畅，充满了彝家山寨的生活情趣。我以为，有作品上央视，这是对作者张永康作品的认可，也是他此生的荣耀和骄傲。虽然他口头不怎么讲，我知道他心里默认此说。由他作词的歌曲《钢花攀枝花相映红》，曾获市文化局颁发的大奖，其他诸多市级音乐人歌曲作品，其名次都排在他作品的后边。最近一次的城市歌曲评奖，歌曲《钢花攀枝花相映红》，由他重新改词，由盐边县一位音乐人重新作曲，也荣获了奖励，并多次在市县（区）举办的阳光欢乐节中演唱，很受好评。除此之外，张永康与音乐人张勇合作的歌曲《啊，二滩》，无意中被人发现，青睐，让二滩电厂一次性收购。这一种情况，在攀枝花市尚属第一次。

张永康不以为然地说，写歌词也是业余创作中的业余，文学创作才是主打。

最早看见他的作品是微型小说，篇名《港瓜》，发表在上海出版的《文学报》上。屈指算来，已有20年了。记得某一天，他拿着一张《文学报》来办公室让我看，看后让我惊讶。惊讶的原因是我市作者第一次把作品推上了全国闻名的文学专业大报。对于从县城来的作者张永康，我一是表示祝贺，二是刮目相看，认定他是一个不可多得的人才。而后，另一篇短篇小说《委员》，又在江苏的《少年文艺》杂志发表。他的小说作品，还有《酒桌上的记录》、《我的老董》、《渔网》、《轻功》、《硬功》、《冲拳》等等。唯一的中篇小说《辰时》，我曾经向《四川文学》推荐，有关编辑先是说要等一等，一等就等得没有消息，后来只能在市内一家杂志发出。

写小说，还写散文，还写散文诗。最早见他的散文诗，是一组1990年发表在上海《少年文艺》杂志上的《山之恋》，内容全是他熟悉的山乡生活景象，诸如《冰剑》、《采菇》、《野花》等篇，内容皆为童年生活的记忆。言浅而意浓，具有翩翩韵致之美。他的散文《城边有个木撒拉》，为文朋诗友们介绍了一处值得去看一看的城郊山乡，那里山美水美，人也热情朴实，我和朋友们都跟他去过。散文《秋水微润》，刊发在湖北出版的多人散文集中。《城市野猫》，很随意地投稿给《中华工商时报》，发出不久就见诸报端，而后竟然让他意外地获了奖。说是意外，一点也不假。张永康说，那样的大报，能够发表出来就不错了，根本就没有想要获奖。《中华工商时报》也算大报？须知，此报乃是中共中央统战部主办的啊！

写歌词，写小说，写散文，写散文诗，都有不错的佳绩，应该说这就不错了。张永康对只有这些写作并不满意，他认为一个本土作者还应当写一写本土人物。于是他写了报告文学《高山上盛开和谐花》，讴歌下岗再就业的市井平凡人物，也写出了《村官谢登才》这样的优秀党支部书记。张永康说，写报告文学，其实都是命题作文，是有关单位负责人布置的写作任务，还要认真对待，写出来要能交差。好在交了差，还被方方面面认可，他总算松了一口气。

写报告文学有点儿苦，写诗就轻松多了。写诗轻松么？真正的诗歌创作，我以为也不轻松，甚至很累。累，是指的心累。这一种累，更多的是一种情感的折磨。他说，轻轻松松写了两首诗，一为《六月说联通》，获得"联通杯"优秀诗歌奖；一为《美丽的格萨拉》，也获得了"多情的格萨拉"征文优秀诗歌奖。怪了，奇了，此人从不写诗，写诗便获奖。就攀枝花市本土作者而言，这种现象实在罕见，不得不让文学圈中的人称奇叫绝。

写诗，就算碰上了好运气罢，后来抽空还学习写对联，弄一弄平仄对仗，居然还弄出了一些韵味深长的句子。诸如，为西区而写："金沙四季翻银浪，苏铁六月举金花"，为文人自嘲而作："酸秀才始终不卑不亢，穷写匠居然忧国忧民"；为某人好运而吟："未来运气无限好，当前喜庆尤其多"。我说，第三对不怎么样，似乎有点不对。他回答说，不对就不对。而后，又举了两例，一是为部队而写："老兵新兵都是子弟兵，大员小员皆为勤务员"；一是为森林武警而作："护林防火大地年年锦绣，拥政亲民中华代代和谐"。针对琴行特点写的："学一门高雅艺术，凑七个和谐音符。"看他的对联写作，又让我们看到了他的才华，看到了他的文采风流。

下象棋，也是张永康一大爱好，1990年代，他来市文联送稿件、取杂志时，总要与文联编辑下一盘，模样认真，举棋谨慎，有时话语不多，有时也要脸红筋涨。也听说，他往年在盐边新城下棋，也居然在比赛中得了名次。他认为，下期就像写作一样，一定要认真对付，做什么事情就怕不认真。张永康的棋艺到底咋样？他一定会假意谦虚地说，一般般，不怎么样。

其实，张永康就是一个不算谦虚的人，他的稿件，无论给哪一家杂志或报纸，都要求编辑不要改动。用他的话说，改就要改来超过原稿而不是逊色，而实际情况却是，别人哪怕改得再好，他也不以为然，原因是他的语言风格与别人大不相同。不仅如此，张永康还常发奇想，以抒一己之见。他说《攀枝花文学》杂志，这个刊名应当改为"钒钛之都"；作家协会既然没有活动经费，就应当解散；盐边新县城应命名为"九七镇"，因为是1997年由老城迁往新址的。他能想，也敢想，虽然那些想法表现了他内心的真切关注，虽然一次又一次未被采纳。

写了上边的介绍文字，以为交代清楚了，却又有一事尚要补充。原本凡夫俗子的张永康，某年某月某天突然不安于现状，想要当算命神仙，两次自费去了山东，向人学习星相占卜。结果呢，大抵是与神仙无缘，为人看手相看不准，看面相看不准，摸骨相更是语焉不详，让人莫解。虽然如此，他还是相信命运，相信缘分。生死、贫富和遭遇，也许是生来注定的，人与人的遇合，也算命中机会吧。

了结这一篇文字时，忽然想起张永康是四川省作家协会会员，又是盐边县作家协会主席。我不知道该不该做这样的介绍。因为，今天这样的名分不值钱，毫无荣耀可言。当今协会众多，会员比比皆是，多如牛毛。像他那样的写作者，那堪与空有其名却无像样作品的人相提并论？作家以作品说话，是他一以贯之的坚持。

这就是张永康，生存真实中的张永康，平民文化人张永康。虽然，这些文字不入正史，也非野史。

【目 录】

目
录

城市野猫

微型小说五则

轻 功

刘兵在异地被窃，腰无半文，便临场发挥跑滩匠本领，他自称有轻功，能一步跃上九层楼顶，且凡要看稀奇者，需要每人出资两元钱方表演，他将一大把票子揣进腰包后大声说："请同志们闪开一条路，我要有个助跑动作。"人们急忙让出一条路，刘兵顺势夺路而逃，瞬间消失于大街小巷。

硬 功

"气功大师"手持锋利刀当场表演硬气功，声称当他把气运到屁股上时可以坐到刀尖上去，一围观者不信，要与他赌一百元钱，气功大师说，要先收钱后表演，收了钱，他将钢刀平放于地，坐到刀尖上，对方提出异议，认为刀应竖放，气功大师说："竖放就请你来表演，你要是有此本领我倒给你二百元钱"。

"周 围"

江湖医生被人群围在中间，江湖医生声称："本人姓周，名围，叫周围，只卖真药，不卖假药，我敢发这样的誓，如果我的药有半点假冒，就×我"周围"的妈。"围观者却纷纷笑着回答："要得。"

混车票

某君乘短途车无钱购票，他上车就高声向女售票员问好，她愕然，他赶快又说："昨天给你送月饼你不在家，只好交给你孩子。"她一边忙碌买票，一边回忆此何许人也？车就到站了，某君从容下车。

港　瓜

卖瓜人高声叫卖："快买正宗香港西瓜！"众踊跃抢购。有人说瓜有锼味，卖瓜人解释："此属港味。"于是部分人离去，另部分人却一人买了一个，目的是想见识一下香港西瓜的滋味。

城市野猫

城市野猫

　　城市野猫的祖上是家猫，它们是人类社会变迁、转型后的遗弃者。我的上司说那叫流浪猫而不能叫野猫，遭到了我的有力驳斥，因为流浪仍是在人群中求生存，仅仅是居无定所，而我说的野猫虽然生活在城里，却不与人往来，因此，我要给它们冠以"野"字。

　　旧的城镇一幅破落像，是老鼠的天堂，土墙房子里，老鼠用游击战术与人打地道战，弄得人防不胜防，于是，不论普通居民还是机关干部，一律流行养猫除鼠。鼠群偷吃人的口粮，然后自己又成为猫的口粮，猫队伍与鼠队伍形成相对平衡的格局，每当猫捉到老鼠，人也为其喝彩，把猫的成功当成自己的胜利，猫在人心目中有为有位。

　　改革开放后，人居环境发生了革命性的变化，人和猫都住进了崭新的水泥楼房，老鼠失去了基本的生存条件，生物链断了，猫成了失业者，成了下岗猫，成了废物一个，继而被赶出家门，成为城市野猫。

　　城市野猫必须另辟生路，到垃圾堆里觅食，垃圾堆里的细菌可不好惹，1997年到2005年，是城市野猫经受严峻考验的岁月，那几年城市野猫数量大增，资源有限，猫闹饥荒，有的瘦骨伶仃；有的全身脱毛；有的口鼻上长着烂疮，令人既同情又生畏。然而，仅仅过了七八年，老猫死了，小猫却适应了新的生存环境，老猫很快就把抵御细菌的基因传给了它们的后代，小猫得到老猫留下的法宝，什么细菌也不怕，怎么吃也无防害。至此，猫脱离了对人的依附，成功地走向新生，走向自由。

新一代城市野猫那身皮毛以泥红色和浅咖啡色为主色调，由十几块彩云般的图案合理搭配，再以黑白相间点缀，俨然一个个花花公子抑或摩登小姐，让人眼睛一亮。它们把窝建在飘着芳香的五色梅林中，再把小猫生在那里，又惬意又安全。白天，人们从五色梅林旁边路过，与城市野猫不期而遇，就会被它们的风采所吸引，所打动，所赞许，甚至驻足观看，嘴上还说："这才花得好看嘞。"而猫们似乎讨厌你对它的欣赏，那双贼溜溜的眼睛警惕地看你几秒钟，一下就钻进那密实的五色梅林消失，那野性油然而生，这是小野猫的行为。

老猫的所作所为却显得滑稽，它们会干掩耳盗铃的事，老猫刁着一块食物，匆匆奔五色梅林而来，显然急着要去照顾它的小宝贝，不巧与路人相遇，它就改变路线或者在林边徘徊，待人走远，再进入林中。

五色梅林虽然安全又惬意，避日又避风，却不能避雨，每每在山雨欲来风满楼前夕，老猫就用嘴把小猫一个个都转移到能避雨的某个墙檐屋下，或者某个被人忽略的角落，等天气好转，再把小猫刁回林中。而这种转移行动，一般都是在神不知鬼不觉的情况下完成，看来这城市野猫还懂得点气象学。

夜深人静的时候，老猫就带着小猫从林中出来，有两次我就看见，老花猫首先出林，感觉一切正常后，就"咪幺咪幺"地呼唤几声，几只小花猫也用"咪幺"声回应着从林中出来，快步跑向老花猫，那样子乖巧而又楚楚动人。此情此景，不免就生出些联想。我想到猫的这种现象，与动物进化有关，过去猫要捉老鼠，皮毛就有隐蔽性，现在不捉老鼠了，皮毛就可以亮丽美观些。然而我很奇怪，猫怎么会知道这个问题呢？另外，它们适应新情况的速度令我惊讶，我在面对日新月异发展的社会时，思想观念的转变总跟不上社会前进的步伐。继而又生出些敬意，首先是觉得猫比我强，其次是猫在过去对我们有贡献，现在又为我们的城市添风采，给我的感观带来了快感。故此，从前年开始，我就有意在垃圾里丢些面包，又怕被拾荒者捡了去，就晚上10点左右去倒垃圾，10点左右垃圾桶旁没有人，正是猫出来觅食的时间。

　　最近，我每天都要路过的那片五色梅林发生了变化，有人在那里大兴土木，高大的建筑物正一天天伸向高空，五色梅林却小了一半，那几只城市野猫也不见了，不免有些惦记。我问妻子看见没有，接着就抱怨这些人把五色梅林占了，破坏了绿化带。妻子说，你明明是为了猫，偏要转山转水往绿化上扯，你呀，读三国流泪，替古人担忧。

　　说来也是，男子汉一个，为区区小事而牵挂，自己也觉得汗颜，但那一丝惆怅却总是挥之不去，看来我这多愁善感的毛病，怕是永远也无法改变的，我的内心世界有点像贾宝玉。而那些野猫，又有点像尤二姐和尤三姐。

"长篇小说"

"长篇小说"不是一本书，而是人名。

"长篇小说"常说他是五几年的大学生，自鸣得意。

某日，我们在农贸市场相遇，他热情地拍拍我的肩膀："最近又有什么大作问世啊？"我说没有，他就把手贴在我耳朵上悄悄说："上个月我写了个六十万字的长篇小说，卖给香港出版商，得币六十万。"

"咂，发大财罗！"我做了个"球迷"的动作。

"咂，小儿科哟！"他笑眯眯地学着我的语气。

"六十万元还是小儿科，那大疗效该不是几百万吧？"

"聪明聪明，猜着了。"他又拍拍我的肩膀。

"那我也叫你猜个歇后语——'吃了大蒜谈恋爱'。猜得中，我就不向你借钱。"

他把眼珠子转了三次，又向天上翻了二次，然后对我说："歇底是'嘴臭'。"

我说："歇后语是要讲双关意的，正确的歇底应该是'口气大'。你想，吃了大蒜去谈恋爱，口腔里的气味不是挺大吗。"

"长篇小说"不高兴地说："你也太小看人了，我五几年的大学生，写个百把万字的小说都是漱了嘴谈恋爱，口气还小了点，实不相瞒，我最近写了个三百万字的长篇小说，还未脱稿，愿不愿意到家里看看我的作品，评估一下能卖多少个万？"

城市野猫

我说："我不懂长篇小说，我给你请一位作家来准确评估如何？"

"长篇小说"马上惊喜地表示："没有伯乐哪来的千里马，你要是真把作家请来，我就真的请客，备酒款待。"还说："在关系社会里，人情胜过好文章云云。"

"人家是作家，人家是精神贵族，你一顿饭就把人家收买了，那么，这个世界也就太简单了。"我也拍拍他的肩膀。

说归说，作家还是被我请来了。上午10点，叩门，其妻告知："'长篇小说'一早出差走了。"这下可好，作家是被我天花乱坠吹来的，这不是让我当面丢丑吗。但我立即想起一个关于他的故事：

一次他把别人的一篇武侠小说抄一些，再改一些，比如，桃树，他就改为李树，小溪，就改为小河，青年就改为后生，拟名为《武林高手》。为了发表这篇小说，他请来几位文学界人士，自称枪法百步穿杨，一枪能打下两只斑鸠，要用野味招待客人，然后暗地用气枪将自家喂养的两只小鸡打死冒充野味，众人都惊叹他的猎物来得神速，终被客人中吃过斑鸠肉的识破，就罚他到羞答答OK厅办招待。"长篇小说"欣然同意。半路上他突然说要解小便，很久才回来，裤筒挽起老高，膝关节贴一块显眼的白纱布，说上厕所时摔了，才从医院出来。大家就只好放弃原计划，跟着他一瘸一拐往回走，但第二天他又好端端出现在街上，迈着矫健的步伐。

想起他这些前科，我就对他是否真的出差走了大大地打了个问号，难道你"长篇小说"今天又有什么新绝招问世不成？便请作家先坐，我就有意识地往套间门缝里瞟，咦，"长篇小说"正在屋里专心吃荷包蛋呢！

你"长篇小说"的鸡卵就这么金贵吗？你不是响当当硬邦邦要款待我们吗？但你却吃鸡卵也和我们唱空城计，当时我真想给他来一个当头棒喝："吃鸡卵者扯谎该当何罪？"一转念便心生一计，就佯装不知，在客厅里大谈他这篇小说如何写得好，意在引"长篇小说"出来和他的妻子表演双簧给我们看。"长篇小说"听得动了心,真的就悄悄从后门出去,再大摇大摆从前门进来,坦然地告诉大家:一上路车就坏了,所以就回来了。接着就吩咐妻子去准备酒肉,再接着就拿出总共只有十几页的《武林高手》请作家看。

作家看了看几页那鸡爪般字迹的稿子说:"你这点字,就是点墨如金,也卖不了几十万呀。"

"长篇小说"却说:"关系不到位,写了也白费,这仅仅是一个开头,以后的,要先落实了发表园地,方可动笔。"

作家说:"我建议你先写些短的,大型文学可是十年磨一剑的事。"

"我五几年的大学生去写短的,霉啰,我担得起一千斤又何必去担一百斤呢?这样吧,完稿后在我的署名后给你添个名字,发表后由你办个招待,怎么样?"

"你真要是搞个有分量的大型文学作品,再得个茅盾文学奖,那么省作协副主席乃至主席的职务就是你的,那时就不是我给你办招待而是我来求你的问题了。"

"那你是作家,你一定要帮我弄个茅盾文学奖,等我有了权,你只管来求。"

"可作家也是以作品说话呀。"作家无可奈何地笑起来。

"你要叫作品说话吗,作品有嘴巴吗?""长篇小说"曲解了"作家以作品说话"的本意,就露出一个比哭还难看的笑。

我笑着插一句:"作品有嘴巴,它会吃荷包蛋。""长篇小说"马上把脸一垮,大声说:"我五几年的初中生……"

"长篇小说"突然失口,于关键时刻暴露了自己的真实面目。于是事情瞬间变得很糟,酒没喝成,不欢而散。"长篇小说"气得肝火上升,吃了好几盒牛黄解毒丸。

两月后,我又在农贸市场遇见"长篇小说",便"关切"地问:"小说完稿了吗?"他早已不计前嫌,又和我吹开了,他说他不打算再写什么鸟长篇,近两月抽空写了三篇短的拿去卖,平均每篇得币 10 来万。这种干法又快又省又现实，写长篇小说划不来，三百万字，听说稿纸都有一人高。说完就谦虚地向我借 5 元钱买菜，我潇洒地递过去一张 10 元币。

攀枝花日报余以太点评：我市作家、盐边县作协主席张永康不久前应邀参加中国作家协会、文艺报社举办的"中国作家世纪论坛"。其作品《长篇小说》荣获全国作品评比一等奖。本报"金沙水拍"文学副刊选登这篇佳作，是想让为文者再次从这篇作品中领悟为文者应当如何做人。高尔基说，文学就是人学。这不仅是说文学是研究人，写人的学问；还有一层意思，那就是对于从文者，文学也是一门如何做人的学问。对此，《长篇小说》的回答是：为文者，必须正正派派，老老实实地做人。这句话作·为语言文字表述，非常单纯、简洁，而要始终付诸行动，却又是非常不易之事了。试问，有几个为文者真正兑现了这句话呢？

长篇小说

酒桌上的记录

与吹牛大王、废话大王、人云亦云大王一起进餐，人人拼命表现自己有见识、有品位。起初就吹自己吃过好生了得的西餐大菜，去过何等了得有档次的馆子，喝过别人见所未见、闻所未闻的酒类。

如果甲说他吃过俄罗斯大菜，乙就说他吃过美国的热狗，而丙又说他吃过西班牙的小牛肉。

你来我往，高下难分。其中一位就抛出食用野生动物的绝招，刚开始还有点优势，但很快就又变得势均力敌，甲说他吃过老虎、豹子和熊掌，乙就说吃过敢鱼花鱼和枪鱼，而丙又说吃过麂子、獐子、穿山甲。

为了让对方坚信自己非凡的吃历，说者就必然要不懂装懂地将每种肉的吃法、味道绘声绘色描绘一番，而且，这味道只能是非常的好。其实这些人的根底我清楚，有的擅长鹦鹉学舌，人家说野生动物肉好吃，他也跟着说；而有的人不思进取，长期过着散漫的生活，且不说吃不起上千元一份的那种肉，如果政府不给他发低保，他连喝老白干都成问题。

他生怕人家不尊重他，他就以食野生动物的方法来往自己脸上贴金，他大声武气地炫耀自己的口福，他把脖子上的青筋都挣得冒出来了，像满脖子爬着虫，目的就是要让别人对他刮目相看，让别人感觉到他绝非等闲之辈。因此，难吃的必须说好吃，一般的要说吃一次就终身难忘。再好一点的，他就说："那天肉还煮在锅里，我的喉咙是伸出手来了，我现在想起都还在流口水。"而不能说："那穿山甲的土腥味差点把我弄吐，那蛇肉我一想到就心里发怵，那最上乘的麂子肉顶多也就只能与兔子肉相提并论。"

我等三位闹累了才发言：你们吃过的野生动物我大部分都吃过，用四个字总结："不过如此"。就你们吹得天花乱坠的麂子肉来说，香味不如猪肉，营养不如鸡肉。一般说来，第一次吃某种好吃的东西，与多次吃过某种好吃的东西的区别在于，多次吃就逐渐降低对这种食物的好感，而我第一次吃麂子肉就觉得不如我经常吃的猪肉那么香，因此，我认为你们说野生动物的肉好吃，是醉翁之意不在酒，是吹牛×不犯死罪。

依我说，我们的祖先在这一点上早有经验，在新人类时期，人们就开始饲养野生动物，什么肉对人体有益，什么肉次之，什么肉对人体有害，早已被他们在十几万年的生存实践中证明得颠扑不破，取舍得准确无误，对人体最有好处，味道又极佳的野生动物，都变成了现在的家禽家畜，对人体的好处不是十分突出的，味道较差的，都被排斥在饲养的范围之外，你们想用这种方法来提升自己平庸的品位，真是不禁令我大笑，真是愚蠢之极。

吹牛大王，废话大王，人云亦云大王，瞠目结舌。

领导艺术

县长将自家老祖宗的骨灰公开地搬进了清水河。不久，村长又将自家老祖宗的骨灰秘密地搬进了清水河。这新鲜话题在三河村引起很大反响，于是就有了这个发人深省的故事：

那一年，具体时间就是村长的公和婆都还没有穿裤子的年代，一个道貌岸然的风水先生在三河村那块大大的、干旱的、长满茅草的地里站了许久，引得人们好奇地跑来问他："看见啥了？看见啥了？"他郑重地用罗盘测了一会说："这是块风水宝地呀，下葬后，20 年必出贵人，官至县长。"

从此，村里死了人，都送到这里来安葬，然后就满怀信心地等待风水先生那个预言实现。

20 年了，三河村没有出贵人，人们已经把风水先生的话忘了。因为饥饿，人们的每一根神经都只记得一句话：要吃、要吃、要吃。后来"农业学大寨"修了几条大堰，三河村的媳妇们吃饱了，就为风水先生大大争了一口气，三股清泉把她们滋润得个个都秀美，生的娃儿个个都灵气，考上大学的前后有四个。1994 年，其中一个硬是当上了县长，这时有人就想起了那个预言，认为风水先生还是正确的，至于时间误差，那是小小的疏漏。

三河村终于出了个县长，可这个年轻的县长却不要祖宗，下达一个指示："将三河村那片令人厌恶的坟场变成有利人们身心健康的赛马场。为了尽快实现此计划，所有的坟一律由迁坟队统一搬迁。"县长叫迁坟队首先掘了自家祖宗的坟，焚烧后将骨灰当众撒进清水河中。

县长虽然做出了榜样，但风水先生的阴魂不散，人有总梦见风水先生说："搬不得哟，搬不得哟，一搬就把你媳妇肚子里那个县官搬没了。"于是坟主就拿起锄头和木棒，誓死捍卫他们憧憬的那个梦想，阻止施工队伍入场。

村长，中共党员，从过军，而立之年。是日，神秘地对好几个老表说："请帮帮忙，今夜火速将我祖宗的骨灰仿效县长那样撒入清河中。"第二天村里马上传出一说法："水是财，葬在水里，财富就像水一样源源不断，永不枯竭，生的娃儿也像水那样清清秀秀，斯斯文文。"用一句广告的话说就是："水葬发得快，水葬的顶好。"要不然，县长咋这样，村长咋这样？

以后每夜，三河村村民们干起了一场轰轰烈烈的勾当，抢占风水这事得秘密进行，不然别人也会跟着来抢占。人们带一张网作打鱼状，要是相互相遇，谁也不理谁，鬼鬼祟祟来到事先选好的水域，将包着骨灰的红布袋投入水中便匆匆离去。

风水大战速战速决，仅半月，一百多座坟荡然无存。当然，迁坟的费用也就省下了。

事后，村长悄悄对县长说："迁坟这事要硬来，对政府和群众都是件痛苦的事，我只好用了条调虎离山计。"

县长说："我向人民代表大会提议，推荐你为乡长，我这一计叫做将计就计。"

村长被任命为乡长了，村民们认为，这事与水葬有因果关系，于是其他村也兴起了这种水葬，腾出了很多土地，化解了很多矛盾。

赛马场顺利开工了，当上乡长的村长将迁坟省下的钱，一部分买了化肥赠给三河村的各家各户，一部分用于补充赛马场建设资金，再向全村承诺，一年内将赛马场建好，三年后人平收入达不到 2000 元，五年后达不到 5000 元，他去坐牢，并办了公证手续。这时，村民中又出现一种说法：以前的风水先生没文化，差劲，现在风水先生文化高，将土葬改为水葬，发得快，无故分得化肥就是依据。不过，好风水还是被当官的占了，你看村长不是当乡长了吗！

而此时的村长又在心里酝酿着一个新的计划，他要召开一个群众大会，把迁坟事件的真相向群众公开，为群众上一堂崇尚科学、反对迷信的教育课。

城市野猫

三个女知青

　　灿烂阳光洒耀在祖国大地上，
　　雨露滋润着禾苗茁壮成长，
　　我们上山下乡的知识青年，
　　在三大革命中锻炼成长……

　　歌声是从外婆家对门的陡坡上传来的；歌声是从三个住在陡坡上的姑娘口中唱出来的；歌声是从成都平原带来的，带到这知了也寂寞得直叫嚷的"回龙湾"，歌声就有了诗一般的意境。

我是中学生，这次暑假来外婆家度假，我也对这歌声很神往，恰有本地小伙伴相约，便一同前往。

"喂，你们是来耍，还是来帮忙的？"三个姑娘正在屋背后的陡坡上找丫丫柴，见了我们就伸着脖子问，问完又伸着脖子等回答。

我见她们在期待，就故意慢不经心地模仿成都话："抓子（做啥子）。"我们哇（挖），又帮忙又耍儿，或又耍儿又帮忙，我在"耍"后面加上儿音，我对我刚学到的这几句成都话十分满意。

"你们帮我们找柴，中午请你们吃饭。"其中一个穿粉衬衫的，也就是我认为三个中最佳的那个，伸出她柔软的手拉住我的手，用美丽的眼睛恳求。

我一看，细嫩的手上有许多被柴火划破的小伤口，衣裤几处被荆棘划破，露出几处美好的肉体。再看那两个姑娘，在我看来是行走自由的陡坡，她俩却把手、脚、屁股全用上了，用狼狈一词，极为传神。

城市野猫

看到这些，我同情心大发，再说，有这样三个城市姑娘陪你干活，有这么多妩媚在激励着你，你会不干吗？再多的活也不在乎，便完全同意帮忙。

"你是成都人哇（挖）？"粉衬衫问。

我便采用朦胧感的手法来回答："嗯、啊。"

"家住哪条巷子？"

"城边边。"我又答。

"你们那个城边边叫啥地名嘛？"然后我那些可笑的回答就不打自招地告诉她，我是一个地地道道的土老表，我尴尬起来。

"不是又抓子嘛（不是也没关系），一回生，二回熟，你们帮了我们，我们就是朋友。"

她当时说出来的这些话，要比我现在写出来的话好听得多，这些好听的话使我至今对成都姑娘都有着特殊的情结，至今都认为她们是全国的姑娘中最美丽、最睿智的。于是，我们的关系便近了许多，而且在不经意中就单独在一起劳动了，总之，我就这样眷恋她了，而她恋我否，则另当别论。

我说："把你的故事讲来听听。"

她就讲：她是成都知青，高中毕业后，凭着一份革命热情来到"回龙湾"，"回龙湾"的生产队长，太监造型，这是他天天用两枚硬币拔胡子塑造的，然而鼻孔里却长出两撮极不高雅的鼻毛。姑娘们一到这里，太监就凭着关心知识青年的口碑，随时去姑娘们那里逗留，比如："我已派人明天给你们送柴；后天你们就不用上坡了，我带你们上街买煤油点灯。"

姑娘们当然感激，因为在农民看来是家常便饭的农活，对她们却是死里逃生，你想，那嫩豆腐一样的肌肤，摸一下都担心碰坏，怎能去征服那粗笨的蛮荒呢。

在一个有雨的傍晚，太监又光临了知青点，说赶场归来，要在这里避雨。后来就说，只要你们听话，我保证你们一辈子做轻活，但今晚要在这里过夜，于是被六只圆睁的杏眼和三张洁净的嘴赶了出去。

消息像无线电一样传到公社，太监被撤了职。太监见情况不妙，就来了个曲线自救，把女儿嫁给了接替他职务那人的儿子，因此，姑娘们就没有柴烧了，就只好自己到这陡坡上来找丫丫柴，就只好求我们帮忙。她把故事讲完了，眼里闪着泪花。

为了让她赶快高兴起来，我说："倘是遇上我，就揎掇他为我干活，继而说，等你把共产主义干出来了，就来我们三个中选一个吧，这样就必然把他挣来脱肛，然后累死。"

"哈哈哈"，她果然被我逗得大笑起来，一个不留神就滚到了沟里，起来满身茅草针。那茅草针是野草为防止雀鸟食其籽，自我保护的武器，尖溜溜如小箭，人要碰上，恶狠狠往肉里钻，摘之不易。这时我来了灵感，趁机将摘茅草针兼谈恋爱同时进行，巧妙地伸出一只不可告人目的的手，她却将我那只卑鄙的手轻轻拿开。我还想再一次"帮摘"，她就随手一指："你看谁来了!"回头一看，没有人。

总之，后来就吃饭了，是稀饭。然而，这样的饭我愿天天吃，这样的活我愿天天干。可是比我大两岁的小伙伴，至今我都恨他，就在那陡坡上，我看见张家在收豆子，不用问，张家锅里的油水肯定大，晚饭可能是猪心肺加大肠煮的汤，因此，他打算下午去帮张家收豆子，这样，他就可以吃到那锅里的肉。再说，他也不愿我和姑娘们相处得太好，因为我和他刚一到，粉衬衫就拉住我的手而没有拉他那双又黑又脏的手时，他就说："我要走了。"所以，他一吃完饭就提出要走，我虽然一百个不忍离去，但小伙伴非走不可咄咄逼人。

　　中国的男女界线，在上世纪 70 年代还相当分明，他的走，无疑是对我的拆台，他每走上七八步，就站住回过头来，用手势、眼睛、语言催逼，当他第三次回过头来，用他那张丑陋的脸向我歪嘴的时候，我就无可奈何地被他逼走了。

　　我们走了，吃饱肚子后无情地走了。

　　我们走了，我昧着良心假装正经地走了。

　　她们木讷地站着目送我们，她们的眼睛告诉我，她们是多么的希望我们留下啊，因为只有我们才能征服那陡坡。

　　那天下午，我没有听见她们的歌声。

　　那天下午，我心里很难过，因为坡上依然躺着丫丫柴以及其它。

　　那天下午，是我开学日子的前夕。

　　学校是个活跃的地方，每逢星期天，我们差不多都要与邻校比赛篮球。这次输了，盘算着下次怎样赢回来，无论输与赢，总是充满了快乐。

　　自从从回龙湾回来，我就失去了这种快乐，因为我惦记着粉衬衫她们烧柴的事，我要买一把斧子，用这把斧头帮她们打柴，让她们不愁上坡不愁烧柴不受欺负。

　　我到供销社去问了一下，放在左边角落里那种乖巧的斧子价值一块二角钱。供销社又在收购箩筐，每挑箩筐上等收购价为八角，中等六角五，下等五角，等外四角。这个星期天同学又来约，我坚决地回答："我有事，你们去吧。"

校门外就有蔸竹林，我是教师子女，我去砍不会受责。有句谚语是这样说的："砍竹要问摇三姐，破竹要问寸三娘。"我看中一根竹子，使劲地摇，以便看清梢端是否匀称。突然，一条青竹标从天而降，正好落在我头上，又顺着我的脖子滑落到离我一丈远的斜坡下，掉过头来张着可怕的嘴，双方对峙了大约一分钟，这家伙掉转头倏地一下往坡逃窜，瞬间不见了踪影。这种蛇有剧毒，可能是它正在竹梢上专心地捕捉小鸟，被我惊扰，造成一场误会，我和它都虚惊了一场。我抹掉额上的冷汗，继续干我的事，扛回来两根竹子。

在学校旁边住的李腐子以编罗筐为业，我就去偷师学艺，起人字底、曰角、编墙子、锁口，我分段学，不久便被我一一学会，我用 11 个星期日编了三挑罗筐拿去卖，全部打下等，我如愿地买下一把斧头。

寒假终于来了，我那在乡村当小学教师的父母对我说："小康，假期间我们到县城你三叔家，你三婶惦记你呢。"

"我要到"回龙湾"看外婆。"我说。

大人虽然大为不解，却也依我作罢，我就这样怀着一种抱负，一种情怀，带着一把富有传奇色彩的斧头又来到"回龙湾"。我要去帮她们找柴，丫丫柴太孬，要找块块柴，如果小伙伴再来捣乱，我决不再尿他那壶，他那只夜壶是次品，不值一提，我早有充分的心理准备，我要让小伙伴那副坏心肠受到打击。

然而，当我走近我日夜向往的那间小土屋时，晒衣杆上不见了往日那亮丽的花衣服，门前坐着个又脏又烂的五保户。一问，粉衬衫死了，是在一次送公粮的途中死的。那天安派活路，她们三个都怕再上那陡坡，就选择了送公粮的活，在经过一座二十多米长、用三根圆木搭成的塔水桥时，粉衬衫连人带粮栽进了波涛汹涌的洪水，人们只见她在下游十几米的地方，又从水里伸出一只手抓了几下就永远消失。

那两个女知青一个招工回了成都，剩下的一个干脆直接逃回成都不再回来。

　　几只乌鸦站在不远的树上讨厌地叫着，制造出凄凉的氛围，我举起斧头发泄地向它们扔去，它们又一展翅都飞走了，斧头与沟里的顽石撞击，传回铿锵的回声，趁还有一丝夕阳，我沿着来路孤独返途，从此再未去过"回龙湾"。

　　我爱屋及乌，剩下的两位姑娘，我到哪里去找你们呢？

退伍军人说跳舞

　　说的是 1987 年的事，那时候，我们这里的女士跳舞喜欢女女为伴，男士呢，当然只好男男为伍了。一曲终了，女士们拉拉扯扯在场边的凳子上挤成一排，意在下决心永世不与臭男人为伍。

　　就是这年我从北京部队转业回盐边，只会武，不会舞。这天大家喝酒，酒后却被一个会舞的战友生拉硬拽拖进了露天舞场。趁着酒兴，我那位战友就来了个人生幽默，像模像样地朝那排花衣裙走去："请您跳舞。"同时做了个最最标准、最最潇洒的"请"的姿势，回答是摇头，再请第二位，回答是直着脖子直着脸，不语也不摇头。他干脆就这样片刻不停地依次请到第六位，就请起来了一位白领丽人，她是早有准备的，因为他的"请"字还没出口，她就非常发笑地站了起来，迎上去就是一曲优美和谐的三步舞，这种即兴发挥所产生的戏剧效果，使这排花衣裙也情不自禁地笑起来，此举令在场的人眼睛为之一亮。

　　我们欣赏那位白领丽人，她的举动在人群中独领风骚，她是以真实为美的，她是以舞艺为美的，这就使我们不得不动她的脑筋了。于是我那位战友就提议，我们来比手腕，但又不准太郫鄙，这一下撞在了我的枪口上，凭着我那三寸不烂之舌，我就不失时机地把她送进了婚姻的坟墓，不卑不亢娶了她，娶了她就有了孩子，她就只好老老实实在"坟墓"里呆着。两年后的一天，她突然说要去舞场复习复习舞艺，叫我同去。可是我又不会跳舞，只好陪她傻坐在一起，那些男士见旁边坐着个"保卫"，就不去请她，害得她坐了一次冷板凳。她却说："当观众也是一种享受。"我却明白，这是一种妨碍。情人节到了，她又提议：咱们又去"嘭嚓嚓"吧，我就说：我选你当代表，你的任务很简单，就是把舞场里的欢乐、愉悦、轻松，给我带回来。她也就乐得顺水推舟，说一声动听的"古豆儿拜"，就像小鸟一样快乐地飞走了，回来时，果然就带回了一脸的真实的喜气在家中久久不散。

　　得到一种启示，就写了两篇文章，一篇叫《不当别人生活的绊足石》，另一篇叫《论开化者常乐》，寄出去，一炮打响。她高兴了，就叫我也写写跳舞，我就老老实实将这些隐私也写了出来。尊敬的读者：如果你乐于听我的隐私，并能从中悟出点什么，那我是乐于讲述的。

二〇〇三年二月二十四

城市野猫

为喇撒田街呼吁

前段时间，我和盐边县的一位县领导一同在《四川日报》看见一篇题为《城市商标》的文章，文章这样写道：一位市长讲了这样一个故事：他去一家著名的设计院，请对方为他的城市设计一座现代化的体育馆，设计师说，我没去过你的城市，也没什么了解。

市长告诉他，没关系，他已为他准备了有关自己城市的经济、人口、交通等现状资料。

设计师说，这些资料虽然很重要，但对我却意义不大，你只需要告诉我，你的城市不同于其他城市的东西。

这可大出市长的预料，一个城市与另一个城市区别开来的首要特征如果不是金钱和自然资源，那又是什么呢？

设计师说，是文化。设计师最后决定将体育馆的外形设计为迎风出港的船，取材于当地有名的神话传说。

这位县领导对我说："这篇文章好，你从中受到启示了吗？"我便来了灵感，于是就以这条街为题材采访了盐边县永兴镇党委领导。

因为二滩建设需要，县城南迁，这里就成了一个偏僻的所在。而在三百年前，它却是摩梭人政治、经济、文化的中心，是皇帝敕封的一个土司府，是一条以摩梭人文化结合汉人文化建造的街，长一里半，宽 3.5 米，摩语汉语综合，叫喇撒田街。

它最初原貌：屋脊雕龙塑凤，或藤或草，或圆或尖，疏落有致。

　　因为是砖木结构，防火就很要紧，于是户与户之间就峙立一道封火墙。高出房屋米许，呈流线型，既为防火，又意在美观。这一户失了火，绝不株连邻里，高高的墙顶的又一功能，是便于展示能工巧匠的技艺。

　　每户人家一个天井，按风水理论，是让"四水归堂"，水是财富，要流进自家的领地。其实风水理论也是根据伦理道德的需要建立的，你看，它产生的效果却是：自己房顶产生的水自己排放，绝不流到别人的领地去影响别人。

　　临街一面，花木门花石门相得益彰，间隔有序。一楼一底的街段，红色木窗绮丽，颇有蒋门神初识潘金莲的意境。

　　时过境迁，这里早已改名为永兴镇，这典雅的古建筑失去了当年的诗意，大部分街段已变成了随心所欲堆砌的砖房，只剩下鱼鳞半爪的残迹，用一个词语就是：不堪入目。

城市野猫

　　笔者呼吁，这条街的住户，再也不能拆除原始建筑的一砖一木，再也不能毁了自己的宝贵财富。一些有识之士正在设想，将其恢复为三百年前的模样，让即将消失的古文化重放光彩，让这条街成为攀西地区独一无二的古建筑，让古文化在今天的旅游事业中大显身手，变偏僻为繁荣，化腐朽为神奇，具体办法就是招商引资，把权利和义务都交给投资者，让投资者去出钱，让投资者去受益，无论有什么问题，无论有什么条件，县、镇两级领导都会说：好商量，好商量，你只要把我们的"城市商标"打出来，你受益，我发展，何乐而不为呢。

伟 员

"伟员"并非伟大一员。

"伟员"是彝语"俊美"之意。

"伟员"是一只小黑狗。

盐边县岩口彝族乡的景色很像河南嵩山,阳光下生长着成片的森林,空白处盛开着索玛和山茶,成群的狗儿在山花丛中自由地跳呀、闹呀,到处都是狗儿的乐园哟!

"伟员"是我的爱犬,是我用一本连环画与彝族孩子换的。

伟
员

初次见到它时，我仅抱了它一下，它的立场就从彝族孩子那里坚定地站到了我这一边，我把它从山花丛中抱回我那被同样的山花包围着的住处，从此它就狂热地追随我，至死不渝。

边远的地方，落后的时代，却蕴藏着浪漫的生活，小学生上学享受"贵族待遇"，可以带狗就是一例。我是唯一的汉族学生，也和那些彝族学生一样，堂而皇之带着"伟员"去上学，美其名曰：带"警卫员"，其实是因"伟员"聪明可爱难舍难分之故。

老师只发了两本书，语文、算术各一，做一个能代替马鞍的布袋，一左一右让"伟员"驮着上学下学。路上，"伟员"不时蹦跳着窜进路旁的野花丛中不动，我知道它在和我捉迷藏，就捡个小石子投过去，它就狂欢地"根儿根儿"地叫着跑回来。接着我们就进行一次次百米短跑赛。比赛时，它总要赖，比如，一条弯路，它不沿着路跑，而是取切线跑；又比如，到了终点它还落后，它就一直往前跑，和你比耐力，所以我总输，你说它赖也不赖！

有一次，它却跑输了，究其因，是它驮的书跑掉了，它又挂牵着书，又要赛跑，就跑几步又回头望一望，后来干脆就站住，朝我"根儿根儿"的叫几声，然后跑回去用嘴把书刁回来，我再把书给它驮上后，它就不敢放开跑，于是我一路遥遥领先。

"伟员"也要经常单独沿着那条笔直而洁净的大路，到那花香袭人的野外去寻些野粟子来吃，吃饱了，玩够了，再沿着原路东闻闻、西嗅嗅，悠闲地回

城市野猫

家。有一天回来时，只见它漆黑的身影下面，四只洁白的脚掌在空中划出美丽的弧线，箭一般向我驰来，它把前脚搭在我的双肩，把嘴伸到我的眼前，原来，它在回家的路上捡了一张钱衔在嘴里，面额为一元。于是，我用一角钱买了五颗水果糖，分给它三颗，吃到第三颗，它就用前爪来把糖挡住，不让往它嘴里放。

我想，"伟员"是识数的，这就是动物通人性最突出的表现，而我更感动的是，它还懂得推辞，这比起一些自私自利的人来，真不知要高尚了多少，难怪外国的法律规定，虐待动物要绳之以法。

1972 年的中国，在 500 个人中也很难找出一个奶油肚子，其原因就是缺粮。"伟员"也经常吃不饱，妈妈好不容易买回一点计划肉，做饭是我分内的事，我知道"伟员"再饿也不会偷嘴，我去取柴，就叫它看着肉。一只穷凶极恶的大黄狗瞅个冷不防窜进厨房，刁起那块肉就跑，"伟员"勇敢地冲上去，双方一场恶斗，我闻声赶到，大黄狗挨了我一柴棒，狼狈逃窜，"伟员"当时出生仅六个月，如果用人来比，是和我一样大，十三四岁的少年，加之又饿，哪里斗得过那条大黄狗，被咬得遍体鳞伤，躺在地上站不起来，一看，肚子被咬穿了，看得见肠子。

我真担心它会死去，便向大人强烈要求，多煮些饭，救"伟员"一命，妈妈出了个主意，叫我去洋芋地里，拾些农民漏收的洋芋来喂它。狗的生命力之强，强到令人吃惊，我用蒿枝锤绒后敷在它伤口上，再让它吃饱，它就顽强地活了下来，康复后的"伟员"慢慢娇键起来，出落得人见人爱。

然而，就是这该死的人见人爱，却给它带来场比被大黄狗咬伤更惨痛的悲剧。

"伟员"痊愈后的两个月，学校放暑假，我对大人说："我要去回龙弯看外婆。"其实另一半目的是想在一路上领着漂亮的"伟员"招摇过市，到处去卖弄、炫耀我的"伟员"。

回龙弯是个"夹皮沟"，几十户人家拥挤在一个夹小的天地，猪屎、娃娃屎毫不羞涩地到处亮相，太阳出来，三个小时就下山，领略惯了高山那种令人心旷神怡意境的我和"伟员"，像突然来了地狱，要不是外婆的阶级成分是地主，常被那些所谓的"革命派"抓来斗争需要安慰，我才不想在这鬼地方呆上三天呢。"伟员"的失落感也由然而生，高高坚起的前脚搭我胸前，不安地发生"嘘嘘"的叫声，我想，"伟员"再聪明，也不会懂得阶级斗争的复杂性。

大队长，48岁还是一张娃娃脸，听说拥有此脸型的人极为可恶，和天真纯洁的娃娃相比，他的内心世界恰恰相反。

"这狗蛮不错，黑得发亮，四只脚又像踩着白云，谁家的？"大队长高兴地问。

有人汇报："是陈汝珍的外孙带来的。"

"地主分子家还养狗，这不符合，这不符合。""陈汝珍，听着，今晚开你的评查会。"大队长是来通知外婆去接受武斗，同时看见了"伟员"。

檬子刺刺进了外婆的膝盖，斗争的内容由阶级斗争变成了将"伟员"交给集体看守粮仓。

"小康，拿着。"大队长往我手里塞来一元钱，同时也塞来一条牛皮绳。"把狗套上，寒假你再来，我们有了新粮仓就把狗还你。"

我极不情愿地将绳子套在"伟员"的脖子上，"伟员"万万也没有想到，我会负心于它，静静地由我摆布。我把它拴在粮仓的门柱上，一咬牙，头也不回，形单影只走160里路，回到岩口彝族乡，回到这个美好的所在，我在心里说："伟员"我要回去上学了，你就等五个月吧，到放寒假时我再到回龙弯，给大队长送点东西，再把你领回来，没有了你，美好的事物再多，我的生活也会黯然失色呀！

今天是开学后的第九周，星期六，放学了，我有意挨在后面，让那些带着狗的同学先走，不然，他们又要问我，你怎么不带"警卫员"呢？

一条大黄狗挡住我的路，我一眼就认出了它，它抢我家计划肉那回露出的就是这副牙齿，又黄又粗，耳朵上也有个缺，尾巴是怎么断的，是不是又去哪里当强盗被弄断了？

它要报那一箭之仇，它狰狞地向我逼来，唉，要是"伟员"在身边多好，它会勇敢地迎上去和它搏斗，我再协同作战，可以说它简直就不堪一击。可现在我孤立无援，没有了"伟员"，书也得自己拿着，我一急，就把书掷向它，发出哗啦啦的响声，吓得它后退了五六米，它把书撕个粉碎，再向我扑来，千钧一发之际，突然一个人舞着打杵跳进圈内，当头一棒，再补上几棒，大黄狗气绝身亡。

原来是回龙弯的二舅救了我。

"你怎么到这里来了？"我问。

"唉呀，家里挨饿呀，这里有个彝族和我是亲家，来向他要点洋芋去救命呀。"

"伟员"怎样？我忙问。

"唉呀，你千不该万不该造这种孽哟！"

二舅讲了"伟员"悲惨而令人感动的经历：

自从我把"伟员"栓在粮仓的门柱上以后，开始，它以为是我交给它看守粮仓的任务，一动不动地注视着周围的响动。见第二天我还是不出现，才觉得情况不妙，于是咬断皮绳，四处去寻找我，三天后回来，浑身糊着稀泥，从此就再无人敢用绳子来束缚它。以后就三五天失踪一次，每次回来总是一幅狼狈相，有人就戏弄它，故意朝着赶街路的方向喊我的名字，它听了真的就站起来朝那个方向跑去，再失望地回来朝着戏弄它的人"汪汪汪"叫几声表示抗议，引起一阵哄笑，然后它就无可奈何地远离人群，躺下。

然而，它的最后一次出逃，却有人从头到尾看清了。这一次它是想沿着当初来时的路，回到如诗如画、生它养它的岩口彝族乡，它思念故土，更重要的是，也许我也就在那里，它紧张地来到走出回龙弯不远就会遇到的那条波涛汹涌的大河边，它要铤而走险，它要泅水渡河。

只听有人喊，"野狗，拦住，黑狗炖当归才补人哟，哪里去遇这么安逸的事哟。"

雨点搬的石头向它砸来，它机敏地躲过一次次无情的攻击，再次逃回回龙弯。路上，又受到村中狗群的围攻，超负荷的打击使它不堪重负，它几天不吃东西，发出声声哀号，从此萎靡不振。听完，我难过极了，当初我万万也没有想到，我那愚蠢的举动。会导致如此严重的后果，对"伟员"的精神世界造成如此巨大的危害。

一放假，我立即启程，小扁担一头是腌野鸡两只，一头是肥得流油的腌狗肉一腿，我要用这些东西换回"伟员"，把它从痛苦中解救出来，让我自责的心得到安慰。

"你好希客哟，半年了，还记得我们这个穷旮旯。"刘大婶招呼我。

"伟员"呢？我问。

"就在那里呢。"刘大婶随手往墙角落一指。

"伟员"理也不理我，原来它的眼睛看不见，原先机警的眼睛已蒙上一层灰色，还布满了眼屎，原先玲珑的身架，现在已变得有些臃肿，耳朵也听不见了。

"伟员"！我大声喊了一声，它认真地看了一会儿，眼里流出了浑浊的泪水，然后就再也没有任何表情。

"表公，我给您带来了一点东西，我想把'伟员'领走。"我毕恭毕敬地将所带物品向大队长呈上。

"这孩子长高了，好吧，你把它带走吧，这样也是符合的。"

黄昏，我把"伟员"抱进外婆住的房子，它却死活不肯与我同在，后来慢慢走出门去，一直走到粮仓的搭斗里躺下。

它对我已心灰意冷，我的心被刺痛了，我暗下决心，要以最大的努力来弥补我的过失，要用最大的付出来忏悔我深重的罪孽，我相信，只要和我在一起，它就会乐观，只要和我在一起，它就会恢复过去的神采，但现在不能强求它，伤痛的心需要安静。

"那么，今晚你就住在这里吧，明天一早我来找你，请允许我来弥补这一切。"说完，我慢慢回到外婆家。

凌晨一点，"砰"的一声枪响，接着是"伟员"的几声惨叫，

城市野猫

我起床一看，大队长提着七六二步枪，"伟员"倒在血泊中，我马上意识到，"伟员"是找我来了，开始，它假装不理我，后来又按捺不住，便悄悄从粮仓来到外婆家院墙外徘徊，而大队长知道我第二天肯定要将"伟员"领走，因此不择手段地下了手。

"这狗有狂犬病，你看它萎靡不振的，不打了连你也遭殃，我是为群众的生命着想，这是完全符合的。"大队长说得抑扬顿挫极有韵致，然后把"伟员"拖回他家，此时"伟员"仅一岁零四个月。

我托人用三元钱买回那张狗皮，洗干净，放上卫生球，一直保存到现在。

1996年春天，我又把狗皮拿出来，用毛笔在背面发泄地写道："我卑鄙，我无知"，款上我的姓名，落上日期，却始终没有勇气把它挂在客厅里。但活在我心中的"伟员"，永远也是提得起、放不下的。而且，每当我一想起它，我的心马上就会受到折磨。

伟

员

渔网正传

福本初，县办水泥厂职工，金沙江畔打鱼之骄子。

福本初有个忌讳，他的网最怕被跨尿骚，特别是女人的尿骚，那是比滴敌畏更厉害的。他常对哥们说："刀家沟的刀老三就是网被表妹跨了尿骚，上半年打不到鱼，下半年就被水鬼拉下了水。"

春天一到，河里的鱼儿聚集在一起交配，当地人叫它"扳子鱼"，福本初晓得"扳子鱼"出现了就高兴。星期天，他吃了早饭，提起网就往江边跑，出门就遇见女电工欧阳春拿着碗筷去食堂，还用左嗓音快乐地唱着："春风啊春风你把我吹绿……"她把"春"唱成"吹"。福本初想起他停学前学过的最后一课叫《狐狸和乌鸦》，就来了灵感，吊儿郎当地说："乌鸦太太，你的嗓子真好听，你就多唱几句吧，唱来听了我领你去打"扳子鱼"。"

"你老辈子还没吃饭！菩萨说的迷信脑壳和饿肚皮都打不到鱼，你这二百五连这点都不晓得。"欧阳春一张尖刀嘴，快速翻动着上下唇。

"鱼儿扳子的时候它是高兴得连饭都不吃哩。我们一起去，鱼儿在水里扳，我们就在岸上扳，看鱼扳得凶还是我们扳得凶。"福本初走着说着，开心得满脸的鱼尾纹。

欧阳春将脸一沉，扭头进了食堂，然后又回头用眼睛骂了他一句什么。

中午，福本初背着 20 多斤鱼凯旋，哥们自然是七手八脚，烧锅煮鱼。片刻，就听见一个哥们喊到：下一个节目——吃鱼。大家就积极地向桌子靠拢。

"福本初，快出来看你的网哟。"一个女声传来，终断了猜拳声，一个和欧阳春相好的姑娘笑着跑着去了。

福本初已有几分酒意，一听到"网"字就激动起来："是哪个鸡巴娃儿，搂屁眼干他一脚。"他虎凶凶大步出门一看，竟是欧阳春正坐在她晒的网上，一脸怒色，一副神圣不可侵犯的样子，这才想起早晨的事来："你跨我尿骚，我夺你尿泡。"福本初小声骂了一句，无可奈何。

"烧掉它。"良久，福本初终于决定彻底清除女人的不吉利。

"你辛苦了，我去帮你烧，让它变成灰，让它永远不在人间。"一个哥们自告奋勇。

"好，烧了屙泡尿来淋灰压邪。"福本初连饮几杯倒床睡了。

春去春归，"扳子鱼"又如期出现。福本初无网，便叫哥们去借。哥们借来一张网，福本初乐呵呵下了河，这回因为运气好，鱼就多得背不起。福本初本想像去年一样，唱着山歌哼着小调潇洒地回家，但喘出的却是粗气。大家又像去年一样聚餐一次。席间，去年那个烧网的哥们笑模笑样提着借来的网对福本初说："福哥，请你仔细看看这张网。"福本初仔细一看，居然是自己去年叫烧掉的那张，因为破处已补过，加之这一年中别人又帮他用旧了许多，他就有点憨儿子认不得久别父母了。

"福半仙，遇到水鬼没？"欧阳春笑嘻嘻地走来："网是我补的，本来不吉利的东西我也主张烧掉，但听说恰恰水鬼最怕尿骚，遭遇就会现原形，正好成全你捞一个来大家见识见识，就为你保存下来了。"有人接口："要是捞到的水鬼是个女的，岂不正好成全你在岸上扳上一回。"

"哈哈……"屋里响起了开心的笑声，欧阳春被弄成了大红脸。福本初懵了，尴尬地咧着嘴，要笑不笑地支吾了一阵才说："这个刀老三不球日毛，活着他违反渔政管理，死后又骗我去烧网，从今以后我再上他的当我就给他当舅子。"

　　然而，又过了一个月，也就是当笑声还在金沙江畔回荡的时候，福本初终于还是亲手将这张有点罗曼史的网付之一炬，事后他也没忘记屙泡尿来淋灰，因为他怕有万一。

　　你相信吗？我就是福本初。

我和老董

聪明人有大聪明和小聪明之分，听我来表：

我和我们的主任老董一起外出工作，时值冬天，晚上回到旅社，老董刷刷地写起家信来。写完信，他把双手举过头，刚想伸个懒腰，忽然觉得一个冰冷的东西在往衣袖里钻，再伸手，再往里钻。"什么东西！"老董吓得一动不动，冷汗直冒。一分钟、两分钟，"救命！"老董终于失声叫起来，同时用右手将左手袖管里的东西死死捏住。

"有个东西在咬我！"老董狼狈地说。

"冰冷的，我把脑壳捏住的。"老董又说。

他越捏得紧，就越觉得痛，于是就嚎叫起来

我心里一紧，这东西又是冷的，又有脑壳，又会咬人，十有八九是蛇钻进了他的衣袖。

我叫老董不要松手，然后像鬼子挖地雷一样，小心翼翼把他的衣扣解开，又把里面的诸如羊毛衫、春秋衫统统从头部倒跨下来，只留两只手在衣袖里，叫了声"放"，同时猛将衣服往下一拉，"哐"的一声，一块钢表应声落地。

"哈哈哈……"我大笑起来，原来是老董的表栓不知几时脱落，在他举手伸懒腰时，表就溜进了衣袖。

"他妈的，这熊表，这无耻的苏修表，老子硬想把你砸了。"

我见老董气急败坏，只好忍住笑，劝慰他一阵，老董气得一言不发，半晌，才悻悻上床睡了。

不久，我新买了一辆无挡摩托。老董不会驾驶，但他会骑自行车，于是死活要体验一下。一个调皮鬼对老董说，右边车把往内转是停，老董信以为真。可是他很紧张，刚一启动他就想停车，他把车把往内一转，油门突然加大，摩托车飞快地驶了出去，载着老董救命的呼声奔驰。碰巧，一个交通监理员骑着摩托路过，见状急忙跟了上去。

"松手、松手。"监理员终于追上了老董，与他并肩行驶，并连续向老董喊话，车终于停了，老董得救。

这一次，老董更是大发雷霆，嚷着要把调皮鬼抓到公安局问罪。我只好又去调停，帮着老董批评调皮鬼，说他不知利害，如果真要出了人命，他就要负过失犯罪的责任。继而又回过头来劝老董不必与这青沟子娃娃一般见识。老董临走恶狠狠地向调皮鬼甩下一句："你以后再搞这种阴谋，我就去告诉你妈妈。"

事后，我又安慰老董，我说："你知道大智若愚吗？它是'小聪明'的反义词，是最高层次的智慧，是大聪明，这种人在办大事时非常优秀，但是在做小事时往往显不出优势，因此常被俗人误解为'愚'。你就属于大智若愚型。"我在关键时刻帮助和鼓励了老董，老董对我颇有好感，并刻思图报。

我觉得老董是个很好的人物，又典型又生动，具有鲜活的人物形象，便将其写成小说，供茶余饭后自娱。

如今，老董已是某纺织集团公司的老总，我却还是机关里的一般管理员。没想到当年我安慰老董的话竟成了现实。

一天，老董突然光临我的寒舍，谈起往事，他总夸我，什么"深刻呀"，"神批呀"，"料事如神呀"。同时也千叮万嘱，说当年那些事，一定别让它跑出喉咙。我也郑重承诺："保证守口如瓶。"接着，他就拿出一张车间副主任的推荐表叫我填，一个车间管着上百名纺织女工，她们的成败得失、欢悲宠辱，我有相当的主宰权，想着我就要成为花中之王，成天幸福地徜徉在女工们的笑容里，当时我的惊喜我敢说不亚于捡到了金子。

一天，我心血来潮，把稿子给一个专业作家看，目的是想请教请教，他却叫我一字不改地将稿子投出去，说大有发表的可能。一高兴，我居然把老董的话忘了，得意洋洋地投了出去。晚上，我突然想起老董的话，竟折磨我整夜彻底失眠。

一月后，小说真的发表了。幸好，编辑将我写的真名改为老董，可我心里还是不安，这刊物是要到处发行的，老董要是看见了，必然对号入座，那么，别说车间主任，恐怕还会给自己带来诸多不利呢。唉，我真是搬起石头砸自己的脚，我真是自寻烦恼，我真是愚蠢透顶了。

我又去找那位作家诉说苦衷，他却哈哈大笑："你担心个屁，老董是从来不读文学期刊的，他是看报的人，况且，编辑又将他的真名改为老董，他从何而知？因何而晓？"

我豁然开朗，心，欢快得如浪里飞舟。不久，我真的当上了车间副主任。又不久，我把"副"字去掉成为主任，我的官由小到大，现在已是分公司的副经理。看来，只要老董一直不知道那篇文章，我的官可能还会再升呢。然而我明白，我永远不可能升到像老董那样管着几万人的大人物，因为他是大聪明，我是小聪明。

辰　时

（一）

　　1974年8月1日上午8点，高七四届的下乡知青怀揣"到农村去，到祖国最需要的地方去"的憧憬，来到县革委广场结集出发。谁会料到，这个轰轰烈烈的举动竟是历史放出的强弩之末！

　　有一个细节可以佐证，都以为要敲锣打鼓，高举红旗，在国际歌声中乘上扎了大红花的车，有声有势地出发。出发那一刻，

还要向欢送的群众挥挥手，有的人连挥德国式还是挥中国式都想好了。哪晓得，众知青从四面八方赶到，连车的影子都没有看到，高音喇叭也悄然无声。

和我一同赶到的一个同学叫肖够，大家叫他"骚狗"，很少叫他真名。骚狗穿一件泛白的旧军装，腰间系一条仿武装带，脚上也是仿军用鞋，唯独裤子前后都打着大补丁，像个土八路。

闲着无事，我就讲一个趣闻给骚狗听：农民进城，看见电灯就凑上去点烟，一边说：这个灯泡它亮是亮，烫是烫，就是啀烟啀不燃。

骚狗也讲一个给我听："边远地区的人听见喇叭里歌儿好听，就直接将高音喇叭偷回去，置于树上，不响，便弃之荒野。"

"我要是偷了喇叭，我就对着喇叭喊，土八路来了。"我说。

"衣服是真八路的，我爸是南下干部，也和八路差不多。"他说。

正说着，广场入口进来两个人，前面一个长着络腮胡子且满脸横肉的老头严肃地举着一块牌子，牌子上用红字写着："坚决支持知识青年到农村去插队落户。"后面紧跟着高二班的王忠，骚狗说，举牌子的是王忠的老子，是县革委政工组的干部，于是我们也跟着严肃起来。

王忠的老子把牌子往墙边一靠，就急忙去远处的墙拐角小便。我就过去招呼王忠，他却沮丧着脸，说他母亲不让他下乡，他母亲得了瘫痪病，要他留在身边，而他父亲却不同意，说这是毛主席制定的革命路线，爹亲娘亲有毛主席亲吗？就当着很多人的面，气呼呼地做了这块牌子。

人陆续来了，有敲锣打鼓一群人来的，有形单影只一个人来的，也有三三两两约着来的。大家都在问："车呢，车在哪里？"向华说："是十一号车。"就又问："十一号车在哪里？"向华指一下对方的双脚："在这里，今天的车好多哟，个个都是驾驶员。"

向华是局长的女儿，在甜水中长大，她的舌头伸出来能舔着自己的鼻子，左右卷过来，又能像包饺子那样包一砣馅，所以有一张利嘴。在学校，老师她都敢顶撞，入团时，校革委一个女副主任不喜欢她那张利嘴，在会上问她："听说你老父亲在解放前有过血债，有没有？"要是换了别人，可能会哭起来，她却镇定而严肃地回答："没有。"又问："到底有没有？"她再一次回答："没有。"而且引用毛主席语录："说话要有证据，批评要注意政治，要嘛你给我找出证据，要嘛你批准我入团。"这位女副主任终于败下阵来，给她批了。

大家正瓜兮兮没着落，只听有人说："刘带队来了。"

刘带队用力吹着口哨，叫全体集合，然后就说："同学们，现在车辆紧，请大家表现出知识青年的革命精神，步行到笔直路公社。现在唱歌，革命军人个个要牢记，预备——唱。"

刚出门大家还精精神神，走着走着就成了刘文辉的队伍。

县城到目的地是28公里，一路上五花八门，有把衣服顶在头上走的，有把碗扣在头上走的，有的折一支树枝举在头上走，有的在路旁竹林里找根竹竿，把行李抬着走。

当然也涌现出一些好人好事，比如，一个男生主动去几个女生背上取些负荷来压在自己的肩上，背不动了就再转移给其他男生。

赵海祥身上的负荷最大，他身上有三个行李包和一棵树苗，背上背一个，左右肩上交叉着各挎一个，胸前就用一根绳子，把那棵包了五六斤泥的枇杷树苗挂在脖子上。

骚狗不知从哪里弄来两匹马，大家一窝蜂将行李往马背上放。我叫赵海祥也来放行李，赵海祥只顾埋头迈着前进的步伐，不领情地说着"不"。

（二）

好不容易到了公社，都以为有一顿肉吃，在那个年代能吃上肉是件美事，左等右等终于开饭了。炊事员是个跛子，跛子一歪一歪端来十几盆白水煮的菜，配上蘸水，摆在公社院坝内，大家就围着那一盆盆菜蹲下，吃着吃着就听骚狗说："要没饭了。"我急忙去大大添了一碗，看看吃不完又分了一砣给刘带队。

幸好多数同学都带着他们父母准备的鸡蛋、饼干，否则，我估计至少有20个女生要哭鼻子。

我们在公社整顿了两天，第二天在公社院坝里现搭个讲台，选了20多个知青代表上台去念决心书，五选一。

人人的决心书都说："要扎根农村一辈子，一生一世，永不后悔，不发光，也发热。"

轮到向华，她不拿稿子，发言也与众不同。她不明确说扎不扎根，而是模棱两可，她说她时刻听从祖国的召唤，当祖国和人民需要的时候，别说扎根农村一辈子，就是需要牺牲自己的生命，她也会义无反顾。难怪她七混八混现在当上了成都市青羊区的区委副书记，可见她小小年纪就有这么一点小高明，这是我当初始料未及的。

轮到我，我就模仿向华的发言："我们天天在说要忠于毛主席的革命路线，忠不忠，看行动，千言万语，不如一个行动，我不多说了，让我的行动说话吧。"

该赵海祥了，他更有创意，抱着那棵树苗："这叫扎根树，我的决心就和它一样，种在哪里，就在哪里扎根，这就是我的决心，我的话完了。"马上受到台下的交口称赞，赵海祥初露锋芒，成了小小的红人。

笔直路简单名不符实，是七弯八拐的河谷地貌，共有六个大队，从下面数上去，一大队叫"反帝"，二大队叫"反修"，依次再叫是"反美"、"红旗"、"跃进"，六大队是公社所在地，队名最有革命气息，直接就叫"革命大队"。

我原以为分配是男女搭配着分，就希望把向华和我分在一起，试探着向刘带队打听，此公笑而不答。委托骚狗去打听，回来一副丧家犬模样，他说刘带队凶了他，说这是不懂革命纪律。骚狗为此埋怨了我很久。

分配名单终于下来了，我和骚狗、周军、赵海祥被分在反

辰
时

041

帝大队的幸福小队，四人一组，全是雄性，我是组长，赵海祥副组长。

赵海祥，小小年纪就显老，得一雅号"老壳壳"，雅号也颇具雄性特点。

王忠、张知哥分在反修二队，二人一组，又全是雄性。

有一个女生长得满可爱，属如花似玉之列，不知是什么原因，女同学叫她鸭母，我们也跟着叫。长得美的反而有一个丑的雅号，平庸的却没有，向华例外。

向华和鸭母被分在革命大队一小队，其他知青也是以男女界线为分配原则。后来才知道，此原则是县里几个有权的干部子女家长的主意，他们怕男女授受不亲，一旦生米做成熟饭又门不当户不对，影响了高贵的血统，为此，有些曾被男生们关心过的女生眼里充满了泪花。然而，他们的家长却不知道什么叫做暗渡陈仓，此是后话。

（三）

幸福小队其实是个穷山沟，30多度的坡度，大山沟却缺水，听说以前的水资源很丰富，后来树被砍光了，沟里的水就干了。这是农业学大寨的"成果"，幸好农民们七弄八弄打出一口井。我们知青的房子是后来修的，离水井最远，足有800米，多数农民不洗脸，我说："住在这样的地方，即使把房子修在水井边也不幸福。"

骚狗说："即使遍地是姑娘也不幸福，姑娘不洗脸能美吗？"

我就问蒋队长："反帝大队何以得到幸福小队这温柔美名？"答曰："打倒了帝国主义，我们才会得到幸福，起这个队名就是要打倒帝国主义的意思。"

我又问："这水是不是帝国主义弄干的。"答曰："帝国主义是个大坏蛋，它不是直接来砍树，而是用飞机撒传单，在思想上毒害群众，让我们自己整自己。"再问："传单在哪里？"再答："传单被阶级敌人藏了。"

晚上开会，我以组长的身份在社员会上发言，当我说到"我们决心与贫下中农一道夺取今年的大丰收"时，几个老农民嚷起来："咋这样说哟，庄稼就是怕大风吹呀，这是不吉之言呀！"原来他们把"大丰收"理解为"大风收"了。半月后，当金灿灿的稻谷正丰收在望时，一股狂风将沿沟一带的稻谷无情地刮倒在田里，农民们说，这是被我咒的。于是我也得一雅号——大丰收。

　　我们四个中，周军最小，却最勤劳。10月份，点麦子，早上6点钟，蒋队长用响亮的哨声打破夜的宁静，叫做出早工。哨音把我们从熟睡中惊醒，人人都怕落后，虽然都舍不得离开那温暖的被窝，却争先恐后地起床穿衣服，大家在黑暗中昏头昏脑地抓住什么穿什么。周军有夜间尿床的病，睡觉总是脱得精光。他穿背心时，总觉得少个洞，重穿几次也穿不妥，急了管他三七二十一，胡乱穿上就下地，待到天明才发现，他把内裤当背心穿了。这可怜的孩子后来得了勾端螺旋体病，死在第二年酷热的夏天，我们去给他送葬，老远就是一股恶臭。（注意：是死在第二年）

　　6点钟出工，5点钟就有一个人起床做饭。我们是用甑子蒸饭。这天轮到赵海祥做饭，弄到天明也蒸不熟，超强的体力劳动使我们都成了吃饭的冠军，于是我们就吃生饭，照样吃得颗粒不剩。饭添完了，才发现他把甑鼻子反着放的。这事儿成为佳话传到刘带队那里，刘带队第四天就光临了我们的知青点，了解生饭的因由，赵海祥说："黑灯瞎火的，又冷又怕，就没仔细看，就是这样的。"刘带队笑模笑样地对我们说："我们的小赵有所发明、有所创造，才几个月就发明了个怎样煮生饭。"马上又换一副正经面孔说："我去给蒋队长说说，出早工这事儿干脆就免了。"我们当然感恩不尽。

　　事后我对赵海祥说："老壳壳，看来你是颗福星哦，做了错事儿，还给大家带来好处。"他却严肃地回答："幸福要靠自己的表现，刘带队叫咱们不出早工，是对我们的关心，但我们自己要尽量地在广阔天地献出自己的光和热，如果当了兵，还要学黄

辰
时

继光用胸膛挡敌人的机枪口呢。"

很少与人论长短的赵海祥突然大道理一套一套的，这使我感到很突然，我说："老壳壳，别尽说漂亮话，明早晨你去不去出早工?"他说："你别管。"后来他的早工果然就风雨无阻，而周军也尾随其后，我估计我们已经分成了两派：我和骚狗一派，他俩一派。赵海祥要学黄继光的问题使我纳闷了许久才找到答案。

点麦子的第一道工序就是用一个大木锤，将8月份犁过的土坯打碎。开始，我们比农民们打得快，农民们总是打几下，又把锤把杵在下巴上。蒋队长说："你们这些黄泥脚还不如这些城里来的白脚杆，锄把都要被你们杵断了。"见蒋队长这样说，其他人也跟着说："向知识青年学习。"我们就干得更卖力，付兴国走过来小声对我说："别这么干，一会儿你们会受不了，你们年轻人绵不得。"他把耐力说成绵得。

中午休息一小时回家吃饭，然后再投入劳动。果然，上半天那种劳动劲头没有了，只好混在人群中偷懒。晚上回来，四肢痛得像挨了毒打。第二天，干脆请病假，一角六分钱一个的劳动日，值得吗?

蒋队长屁股上天天都挂一口大闹钟，他是共产党员，绝不提前一分钟收工的。第三天又去上工，到了下午，蒋队长去沟里解大便，取下闹钟放在田埂上，我趁机跑过去，将指针向顺时针方向拧一点儿，这天得以提前大半个小时收工。毕竟，十六七岁的小青年，还相当娇嫩，怎能去征服那粗笨的蛮荒呢。

有一天，我以组长的身份和骚狗商量，来一次集体罢工，骚狗响应。我又征求赵海祥和周军的意见，他俩都不做声，后来又都默默地扛着锄头下地去了。我的估计得到了证实，他俩是一派的。

如果我和骚狗也像他俩一样的苦干实干，说不定也会得重病。周军的死，我想就是体质下降，积劳成疾所至。体质强，抗病毒的能力就强，反之亦然。而超负荷的体力劳动，就是降低体质的恶魔。

公社开知青会，三个月一次。这是大家都非常乐意的，一来暂时名正言顺地摆脱了繁重的体力劳动；二来热闹，符合小青年的心理特征，见一见久违的女同学，肯定是件惬意的事。

这一回的伙食大有改善，到了下半年，农村的物质相对丰富了些，跛子在附近农村弄来一口200多斤重的猪来杀。王忠我们自然又见面了，久别相逢，分外亲热，王忠说：机会难得，今天干点冷水。我不解其意，他就从怀里拿出两瓶白酒，然后叫跛子把半脸盆肉给我们端到公社广播室里吃，用一个土巴碗装酒，大家转着喝。有王忠、张知哥、骚狗、赵海祥、周军和我，另外就是公社的两个八大员。

张知哥长得标标致致，也是在甜水中长大的，所以就比我们挺拔，穿一双只有他才有的翻毛皮鞋，越显英俊潇洒。

刚喝了几口酒，张知哥就说："我有一支歌，如果诸位爱听，鄙人愿意献丑。"王忠就带头鼓掌。

他用三大纪律八项注意的曲配上自编的词：

辰时

045

我们知青天天想老婆，
要求公社发个老太婆，
听话的一人发一个，
不听话的一人发两个，
呀嘿儿依嘿儿哟！
呀嘿儿依嘿儿哟！

这一次是真正的热烈鼓掌，都叫他再来一遍。张知哥见自己的杰作受到众人的赏识，就很自信地又唱一遍，还加上了富于表现力的舞台动作，马上就营造出一片沸腾的笑。

我便倡议，通过举手表决，选出听话的知青来，一选，把周军、赵海祥和王忠选成了听话的知青，我决定要践踏一下民主了。我说："同意张知哥是听话知青的请举手。"然后带头举起手来，六只手立即响应，像春笋一般举着。我又说："听话的知青要发两个老太婆，看来这听话的知青是要受惩罚的哟，没有老太婆分发怎么办？"有三张嘴异口同声地说："罚酒。"于是当选者都被罚得醉颠颠的。

城市野猫

张知哥尤其兴奋，余兴未尽，他干脆把歌拿到公社院坝里当着众知青唱。刘带队走过来："张知哥，你来一下。"张知哥尾随其后，进了刘带队的办公室，不到五分钟，两个人抓扯着又从办公室里闹着出来。其实是张知哥要跑，而刘带队却抓住他不放。张知哥把手一甩，刘带队就一个趔趄。

"写检讨。"刘带队说。

"我不写，我唱歌犯了哪一条？"

"你歪曲革命歌曲。"

"我告诉你，我不写就是不写。"

"我代表公社党委命令你写检讨。"

我见他们不可开交，就过去劝。刘带队见我过来，像见了救星，对我和向华、王忠、骚狗说，给我看管起来，叫公安局来人，抓起来再说。

我说："张知哥，别惹刘带队生气嘛，刘带队的批评我们应该虚心接受。"等刘带队气呼呼地走了，我又对张知哥说："虚心接受，坚决不改。"

向华故意大声对我说："赶快打电话给公安局。"然后给我递了个眼色，又像个秋波。我会意，胡乱摇了摇电话，管他有人接无人接，乱说一气之后去向刘带队汇报："公安局说人手紧，来不了。"刘带队说："叫他下来好好想想。"

从这句话我看出，刘带队并非是真想抓张知哥，而是当时下不了台，人一急就信口开河。再说，张知哥的老子是局级干部，把他都关得起，我饭都不吃。

张知哥这支自编自唱的歌，后来不但在我们男知青中全面普及，而且在成都知青群里也在流行。

（五）

那时候搞全民皆兵，我们知青都是基干民兵，11月底搞民兵训练，地点就在我们反帝大队。我和赵海祥、骚狗参加第一批训练。事先要腾一个粮仓来供民兵们住，民兵连长叫我们把下面一个粮仓的谷子背到上面一个粮仓。那是一段又陡又险的路。每人一个唢呐子背兜，这种背篼上大下小，多装一些就会头重脚轻。我和骚狗每人背两撮箕。赵海祥越来越红，这一次又当上了民兵训练后勤组长。赵海祥说："我背三撮箕。"就在赵海祥拔地而起之际，那个给我们装谷子的人突然说："背三撮箕还不如背四撮箕。"赵海祥的腰还没伸直，又一撮箕谷子倒进了他的背篼里，于是就四撮箕。我看见赵海祥当时就在原地走了个十字莲花步。

我说："老壳壳，还是倒点回去。"赵海祥羞于此举，硬着头皮撑着。我在后面看见他背着那背谷子像在扭秧歌舞，他不得不用手扶着路边的山岩。有一下，背篼突然偏了，他拼命将它扳了回来，他说他听见自己的颈椎骨当时就响了一下。这一回赵海祥不得不认输了，他说："大丰收，我实在背不起了，咱们换着

辰
时

背一段吧，这是粮食，我怕背倒了可惜。"于是就换着背，我的老天，我哪里承受得了这么大的重量，犹如泰山压顶，摇摇晃晃走了几步，我又把那沉重的负荷还给了他，他硬是有始有终地把谷子背到了应该去的地方。

第二天，他说颈椎痛。第三天，说更痛了。第四天，他恋恋不舍地离开了我们，回县城去弄药。临走时他对我说，他两天就回来。他有一个理想，就是去当兵，因此他对民兵训练情有独钟，让我给他把床位占着。这时我才明白，一月前他说的黄继光用胸膛挡敌人的机枪口是怎么回事，如果他真的当了兵，肯定是个好兵。一个凝团终于解开，赵海祥的悲惨人生也就从这时开始，此又是后话。

城市野猫

这次训练，向华、鸭母、王忠也来了。演习夜间行军，连长说："我们这是穿越敌人的封锁钱，不准咳嗽，不准把树枝和石头弄响，连响屁也不准放。否则，敌人的机关枪会叫我们全军覆灭。连长叫我和向华走后面，叫做后护卫。前面传来口令，从民兵连长口里传出的是"金地"，不知传到哪里就成了"亲爹"。口令是必须不折不扣地传下去的，向华也就只好不折不扣地回头对我说了声"亲爹"，她马上又忍不住哈哈笑起来，我急忙说："别笑，敌人的机关枪要响了。"她不笑了，但是我觉得她脸上久久地留着笑意。

路越来越难走了，是一条赶马的路，路中间常有斗大的石头，且有棱有角，缝隙中是马蹄踏出的深凹，摔一跤，肯定见血。我见向华手脚并用，就趁机伸出一只不可告人目的的手去拉她，去扶她。她也不拒绝。不管是什么目的，在这种情况下，有人拉着扶着或更深层次的什么，换了我也是情愿的，总比摔跟斗被毁了容好。

射击是民兵训练的主要项目，连长教了我们一句口诀：三点一线，瞄准就开干。鸭母始终学不会睁一只眼闭一只眼，要么双眼全睁着，要么双眼全闭着。连长说，你把嘴往左边歪一歪就闭上了。嘴是歪了，然而仍是双目紧闭。连长火了，从衣服包里拿出一个烟

盒，扯下一小片纸，往上面吐了些唾液，也不和鸭母商量，直接就给鸭母贴在左眼上。鸭母气得把枪一丢，跑到一边去流泪。

我过去告诉鸭母，不是往左边歪嘴巴，是把左边的嘴角往上翘，一个简单的动作，鸭母学了三天。

实弹射击开始了，每人打三发子弹，打上一个10环，就是一片欢呼。这天靶场上的欢呼声不断，只听连长说，成绩不错，成绩好啊。骚狗笑着跑过来对我说，他一不小心就打了30环。念到我的名字了，我小心翼翼打了27环。鸭母最后打，连长说，只要鸭母有一发上环，全连成绩就能达到良好。鸭母走上靶台，瞄了起码五分钟，枪响了，大家都睁着眼睛看报靶，对面的报靶器画了个圆圈。连长说："烧饼。"又放两枪，还是不上靶。公社武装部长也来了，他就是来监督射击成绩的。部长说："让她再打一次。"连长有了刚才的教训，没有再给鸭母的眼睛贴纸，只是站在旁边干叫："三点一线，瞄准就开干。"鸭母又得了三个烧饼。事后鸭母对我说，她是故意放空枪，我当然不信。鸭母对骚狗打了30环佩服得五体投地，随时把他的名字挂在嘴边。

半个月的民兵训练结束了，赵海祥还是没有回来。有知青带来消息，说赵海祥住院了。我听了心里就笼罩着阴霾，担心他凶多吉少。

（六）

　　翻年的一二月份是农闲，知青们开始互相串门。生产队的手扶式拖拉机到公社，我约骚狗到向华她们那里去玩。骚狗正巴求不得，于是爬上拖拉机，迎着朝阳，沿着高低不平的土路北上。碰上一个半截陷进路面的石头，拖斗就腾空而起，我的屁股也跟着腾空而起，当腚部下落的时候，拖拉机又碰上第二个石头，屁股和坐板形成了对抗性的碰撞，我觉得大小便都快要失禁了，只好站起来。一个半小时抵达革命大队，我看见骚狗裤裆有一小片湿的，问他，他说是坐车抖的。我哈哈大笑说："赶快去河边把裤子晒干，别在向华和鸭母面前丢丑。"

　　从公路到向华她们那里，要过一条小河，当地人在河边都打光腚，这是个不成文的规矩。于是我们脱得精光，下河捉鱼。捉鱼这事儿骚狗是能手，他指着一个一半浸在水里一半露在岸上的大石头："就弄这里。"我们搬些小石头将入水的一边围住，再

弄些青苔将石头之间的缝隙堵好，岸边就有麻柳叶，摘一大抱放在被围住的水域里用石头锤，只三五分钟，鱼就浮出水面。骚狗急忙去岸边捡一只烂篓蔸递给我，鱼浮出水面一条我捞一条，再浮上来再捞，足有三斤。

我让骚狗提着鱼走在前面，见了向华她们，骚狗把鱼举着，像举起一块光荣榜。我走进厨房，见煮鱼的佐料早已备好。我突然意识到，我们的愚举可能已经曝光，我对向华说："你们是不是看见我们捉鱼了？"向华脸一红："不告诉你。"

我去公社买酒，要过河，向华也到河边洗菜。我买了酒就往回走，到了河边，向华也正好洗完菜，又一同回来。一进屋，鸭母就蓬松着头发出来，我就知道这是骚狗的杰作。鸭母故意说："你们这么久才回来呀，我和肖够在看照片呢。"我说："要是有相机，给你们拍一张肯定会好看得轰动。"鸭母和骚狗不做声，但对做饭的事更卖力，而且就从此刻起，鸭母和骚狗对我和向华就特别礼貌。

我怕骚狗的越轨行为泛滥成灾，天不黑就叫他和我去了公社，向跛子要了客房钥匙，住进去。天一亮，立即返回幸福小队。骚狗一路上闷闷不乐。

大概过了一个星期，清早，骚狗挑着一担水回来，一向不爱整洁的他，放下担子又是扫地又是擦桌子。我说："你今天有点日怪。"

"向华和鸭母要来，刚才在水井边，开拖拉机的师傅说的，他昨天去公社，鸭母叫他带的信。"骚狗兴奋地说。

我也觉得是个好消息，就叫骚狗和周军再把环境弄好点。赵海祥一直没回来，周军势单力薄，只好附和着我们，不再和我们唱反调。

一会儿，路上来了两个人，我一眼就认出是向华和鸭母。因为有备而来，衣服就要讲究些，在乡间小道的反衬下，显得格外亮丽。

我们把她们迎进屋，又是端茶又是让座，我叫骚狗将我春节

辰
时

从家里带来的一块腊肉煮了。骚狗把肉煮下锅后来汇报："没有蔬菜，干脆我去跳个丰收舞。"知青把偷农民的菜叫做跳丰收舞。我默许，于是骚狗单枪匹马跑到水井边，跳过篱笆，进了会计家的自留地，扯了白菜又拔芹菜。

农民们看见两个亮丽的身影在我们的门前消失，就估计他们的白菜要下我们的茅坑，早有防范。就在骚狗跳出篱笆准备凯旋之际，一条栓了很久的恶狗张牙舞爪向骚狗扑来，咬住了他的小腿，会计随后赶到，把自家的狗假骂了一通，然后对骚狗说："这地方缺水，我们都种不好菜，你们就更别说了。今后要吃菜一定要说一声，可千万别偷。"

骚狗狼狈而归，左脚鲜血淋漓，按农村术语叫"一口咬成四牙穿"。我很后悔，大不该让骚狗去干这丢人现眼的事，同时大家都骂会计恶有恶报，直骂到骚狗的伤痊愈。

（七）

又开知青会了，议题是怎样节约粮食。散了会，是自由活动，王忠又和我们聚在一起。半年不见，王忠戴上了眼镜，一副假老练样，视线由原来的看着山腰变为看着山巅，开会也随身带着医书，再不提喝酒的事，而是一有空就翻开医书，成学者状。

骚狗开始拔小腿上密密麻麻的毛，王忠说："拔不得，这是健康的表现，医书上说：人有五毛，即胡子、头发、阴毛、腋毛、身毛，缺一者，则视作发育不健全，健康状况不佳。骚狗却反驳："猪身上毛多则瘦，毛少则肥，又作何解释?"

大家正在大谈人体五毛，刘带队走过来，叫我跟他去一下。我也像上次张知哥一样尾随其后，进了刘带队的办公室。刘带队现泡两杯茶，在我面前放一杯：我就侦察刘带队的脸，见有点沉。刘带队发话了："听说你一顿要吃一斤四两米的饭，你每月才三十五斤粮，照这样算，一天的粮食不够你吃一顿，还有一顿咋办?"我说："要饭呗。"（其实我们常往家里跑）他一听又火了，虎着脸："我看你吃得多是思想有问题，节约粮食是个觉悟问题，今后你要提高觉悟，少吃点饭，我和那些公社干部常常只吃你的零头，四两。"等他口气慢慢好转了，我突然说："吃饭不积极，思想有问题，吃得少的思想才有问题，你思想上的问题就是怕我们吃多了粮站不管。"他一下就笑了，于是从抽屉里拿出一份报告，报告上写的是："小青年正长身体，又是体力劳动，请求县革委批准，给每个知青平均加粮五斤。"

"这个报告交不得，现在正在提倡'深挖洞，广积粮'，谨防给你弄个思想有问题。"我说。

"我已写好一个星期，没敢交。"他说。

"不交才是明智的，我们饿不着，但你别搞什么出勤率评比栏，出勤率再高还不是给我们自己看，县革委知道个屁，大家不去拼命干活，不就吃得少了吗?"我说。

第二天，果然没有弄出出勤率评比栏，我一个月七天出勤率的丑闻才免于张榜公布。

就在知青会快要结束时，刘带队又向大家宣布了一个决定，要抽调一批知青到公社果园农场——仰天弯，去接受贫下中农集体式的再教育。名单一公布，男女各七人，王忠、鸭母和我都有名在册，却没有向华。

到一个男女混合的集体去生活，当然是件高兴事，平时男女知青想见见面，总是很费事，又要跑远路，又要找口碑，现在男女之间名正言顺地朝夕相处，处之有名，处之方便，很令那些留队的知青们羡慕呢。

我想，这种好事不会轮不到向华的，就问她，她眼里含着泪花，深情地说，再过半个月，她就要回县城代课，恐怕自己的知青生涯到此就结束了，熊掌和鱼又不能兼得，到县城见吧。我虽然感到突然，但是一想到鸭母，就在心里说："你走吧，你走了还有鸭母在呢。"嘴里却说："你去吧，去了对祖国的贡献会更大些。"

(八)

迎着 3 月的春光，穿过鸟语花香的树林，跳过小溪，走过木桥，爬上赵家梁子，好大一个山弯尽收眼底，这就是仰天弯。

一阵歌声传来：

> 翠竹青青哟——披霞光
>
> 春苗出土哟——迎朝阳

好几个男知青爬上了碗口粗的松树正在放声歌唱，这是从电影《春苗》里刚学会的。我就在这边梁子上接着唱：

> 顶着风雨长，
>
> 挺拔更坚强……

城市野猫

对面的知青们一听到我的声音，立即欢呼雀跃："是大丰收，是大丰收！仰天弯的知青到齐了。"

到了一看，十五六平米的土屋，住六个人，六张床摆下来，只剩下侧着身子进出的过道，锄头只能放在床下面。

王忠嫌挤，彭副书记就将他安排在粮仓里，与粮食和老鼠为伴。

几天后开会，讨论分组的问题，场部决定将知青和农村青年共 30 多人一分为二：一曰果树组；一曰蔬菜组。彭副书记征求大家的意见：是男边的为一组，女边的为一组，还是男边女边的混合着分？

农村开会，讲究男女有别，男女分别各坐一边，形成两大阵营，绝不鱼目混珠，这就产生了"男边"、"女边"这生动的土语。

大家好半天不说话，我决定代表众人把心里话说出来："别那么封建嘛，就男女混合着分吧，男女搭配，干活不累。"知青们立即附和。于是，我和鸭母如愿地被分到了果树组。

(九)

最初是干树葡萄的活，树葡萄就是将刚蔓藤的葡萄苗捆在葡萄架上，鸭母再度和我自由组合成二人一组。

葡萄叶上有猪儿虫，手指般大小，颜色与葡萄叶无异，头上一个冠子，尾部一个尾翼，眼睛周围一圈恶狠狠的黑色，一旦碰触到，会"句"地发出警告的声音。

我觉得有了女角就应该有点戏，每当我发现猪儿虫，我就叫鸭母过来协作，要是她的手与猪儿虫的方位不对，我就给她纠正。这家伙就藏在我握着的藤蔓的一张叶子背面。

"鸭母，请高抬贵手，过来帮帮忙吧。"我说，我记得她是跑着跳着过来的。

"把这张叶子扶起来，不是这张，是下面这张。"

她就触到了那条肥硕的猪儿虫，那家伙"句"地一声弹到地上，鸭母也"哇"地一声把我抱住，继而给我一阵乱拳，我觉得相当于按摩。

几经上当后，我再叫她协作，她就问："有没有虫？"我说虫在你衣服包里，她就不敢伸手去掏手绢。我又说：你面前有虫，她就又不敢迈步。

第二天她断然拒绝协作，我便将手握成空拳，做个给他东西的动作，她乐意地伸手来接，在我突然夸张地把手展开的同时，她便意识到我给她的是那可怕的家伙，她就又"哇"了一声，我又被按摩了一次。

"再这样下去，神经病都要被你吓出来。"她的脸是刷白的。

我怕真把她吓出病来，一件美好的事物就被我破坏了，我决定怜香惜玉，于是就此收场。

(十)

一、三、五下午是读报时间，由彭副书记首读，我们接着读第二篇文章。彭副书记从矮小的身躯里发出洪亮的声音。他喜欢

辰
时

一边读一边讲解。有一天，他读到这样一句话："各行各业，各条战线，"他先讲解了各行各业，然后自问："各条战线是什么意思呢?"稍停又自答："就是说，各行各业都要站到毛主席的革命路线上来。"接着又读到鲁迅的"横眉冷对千夫指，俯首甘为孺子牛"，他又讲解："就是说，横人要偷耕牛，毛主席教导我们千万要保护好耕牛。"知青们就互相看着笑起来，有的还趁机向异性打个秋波，彭副记就停下来骂："你们这些知青，活不好好干，会不好好开，一天就只知道拉二琴，男的看着女的笑，女的看着男的笑。"他把二胡说成二琴，这一下知青们全都放声笑起来，王忠却无动于衷。

王忠自从戴上眼镜以后，变化确实不小，由原来的内向外向兼而有之变成了完全的内向型，收工以后，就翻开那本叫《伤寒论》的医书，打开一个本子在屋里抄抄写写。

一、三、五读报，二、四、六闲着无事，我就拉起二胡。悠扬的琴声在山弯里回荡，众知青就随着旋律唱起来。有一个女知青叫安文，属暴丑型、O型腿、油黑皮肤，笑着比哭着难看，打秋波也像在哭。总之，去参加选丑，肯定是冠军，却最为活泼开朗，激情到了高潮，她就用那副哭相笑着随歌起舞。农村男女青年都目不转睛地围着我们，有几个农村女青年更多的却是因我而为之倾倒。每每这时，安文就会说，她也要买一把琴来学。当然，目的肯定是为了博得异性的青睐。只有王忠还是独自在粮仓里抄抄写写，把自己置于我们的欢乐之外。

这几天，安文趁打饭的机会一个劲地向王忠打秋波，王忠却横眉冷对着她。大概在第三天，我看见王忠在厨房里淊了一碗米汤，在仓库门口贴了幅对联，是这样写的："横眉冷对秋波，俯首甘为和尚。"

"五一"放假，仰天弯在下半沟，离县城只有20多里路，知青们都回县城去了。我嫌难走，没有回去。王忠也没有回去，我对王忠的变化感到蹊跷，就到他的粮仓里串门。我顺手拿起那本《伤寒论》一翻，问他学懂了多少，他搪塞地说："总要学懂一些嘛。"我又翻开他的笔记本，上面密密麻麻地写了大半本，我仔细一看，觉得不对劲，原来他在抄医书，而且主标题副标题一字不漏，我说："口也，你就是这样学医术的嗦？"他说他爸爸仅仅是县革委的一般干部，母亲的药费是不能报销的，他爸爸要他学张铁生，自己学医术，学好了再治好他妈妈的瘫痪病。他没有办法，看不懂也得装装样子，这样有两个好处，一是让大家知道他勤学，再就是如果真学好了，母亲的病也就有希望了。

其实他心里很痛苦，但又不能让众知青知道，少接触就少暴露。

我又联想到他的眼镜，就把眼镜拿来一试，原来是平光。

1990年我才在电视上知道，这叫做心理变态。我估计王忠的心理变态因素有二，一是家庭境况不好，本来就有心理压力，再就是他父亲的误导。他父亲受"左"的影响，自己找不准人生位

辰
时

057

置，也让王忠找不准位置所至。

知青们第二天一早就回到农场，安文真的就扛了一把吉他回来。安文的情绪并没有因王忠的对联而低落，而是认真地自学起琴来。她学的曲子是《小汽车》的第一句，两天后她就请我们听她弹得是否成曲。我们都认真地听着，她弹了一遍，问：听懂我弹什么了吗？我们说没听懂，她就又弹一遍再问我们，听懂了否？我们说真的不哄你，的确不知所云。于是她干脆把歌词唱一遍："小汽车呀真漂亮，真呀真漂亮。"然后就嘴唱歌谱手弹琴，我听见她嘴里唱的是"多多多索拉拉索，多索拉拉索"，琴声却是"咚咚咚咚咚咚咚，咚咚咚咚咚"。她不厌其烦地弹，不厌其烦地问："听懂了否？"我说："我们听不听得懂没有什么关系，只要你自己听得懂就行了。"她就把琴往我怀里一放，请我教。我本来会一点，但是我没有教。

树葡萄的活结束了，我们转为挖果树坑。鸭母又来找我合伙，她说："大丰收，你说男女搭配，干活不累。还有点道理，我们继续搭配吧。"

"那当然。"我说

自从到了仰天弯，鸭母我们频繁接触，她那浓厚的女人味，在我这里得到了充分的展示，继而不知不觉地占据了我的心灵。

每人每天两个坑的硬任务，标准是长宽高各一米，我挥汗如雨地干着，鸭母就专注地在一旁看我干，偶尔也象征性地帮着铲几铲土。

第三天她说："阴山弯那一面土软，咱们去那里挖吧。"于是我们就去了那个背静的地方挖坑。鸭母悠闲地坐在我劳作的上方一块石头上观看，突然，她用一块松散的泥土打在我戴着草帽的头上。我"唉唷"一声，丢下锄头，冲上去找她算账，她立即像绵羊般温柔地说："我是想叫你上来休息一下。"说着就叫我靠在她怀里为我揉头，我故意将头动来动去，于是就产生了在两个人之间都只可意会不可言传的效果。她的双乳若即若离地在我头上脸上接触。此刻，我被这种叫做幸福的东西陶醉着。一阵嘈杂的说话声由远而近，把我们从这美好的境遇中唤醒，是大批挖坑的人在向这边转移。

（十一）

自从我到仰天弯以后，骚狗和会计的关系日益紧张。

会计的另一块自留地像一片月牙，就躺在弯弯的路边，地里种着白菜，刚种下的白菜不会被偷，不用防范。骚狗每隔几天就顺手把幼菜苗向上拔一点，任凭会计怎样浇水，菜苗总是蔫蔫的。最初会计以为是虫害，把菜苗拔出来看，根部是好的。于是他又将公社农技员请来，农技员也说不出所以然。后来，会计漫理思绪，就在骚狗身上找到了答案。

会计是退伍军人，自称会武打，骚狗却不信邪。在寨子堡收豌豆，两人你一言我一语，针尖对麦芒竟发展到要决斗的地步。于是，两人当着众人定下口头合同，弄死弄伤谁也不报官，地点就在保管室，时间就在第二天下午评工分之前。

保管室坝子里堆着未脱粒的豌豆秸。中午，骚狗事先悄悄在豌豆秸里插进一根木棒。下午，骚狗提前到场，就站在插着木棒的地方抱着手等会计。会计来了，穿一条短裤，脚上又是护膝又是护腿，腰间扎一根红卫兵武装带，带子上别一把匕首，匕首和护膝、护腿都是他从部队偷着带回来的。骚狗问他："到底打不打？"

"要打！"会计马上做了个武打的姿势。

骚狗就迅速从身后的豌豆秸中抽出木棒，"呼啦"一棒向会计横扫过去，打在会计大腿上，会计还没反应过来就应声倒地，再也爬不起来。这场决斗从互相问话到结束，前后不到一分钟，看热闹的人们大笑，说武打怕乱打。笑话传到公社，刘带队又来了，他断会计无理。刘带队对会计说："你用从部队偷来的刀杀知青。幸好没造成后果，否则，可以按反革命论处。"而骚狗却得理不饶人，扬言不弄死会计决不收兵。会计被吓得三天两头跑到公社告状，刘带队怕真出人命，便将骚狗调整到本大队燎

辰
时

059

原小队。

燎原是仰天弯到县城的必经之路，甲乙两地仅六七里路，步行一小时就到。路近，骚狗就隔三差五往我们仰天弯跑。当然，他的主要目的还是来找鸭母，我佯装无事。

<h2 style="text-align:center">（十二）</h2>

那时候娱乐生活贫乏得像沙漠，县城十天半月放一次电影。知青们都是影迷，只要听到影讯，无所不往，一只电筒要照顾三四个人，然而大家还是热情高涨。每每观影归来，已近深夜一点，第二天照样出工。

有一天骚狗又来了，他给大家带来了好消息，他说县城今晚有电影，影名叫《英雄白跑路》，问他什么内容，骚狗神秘地说："说穿了就没有意思了，反正不去不知道，去了吓一跳，不精彩你们回来找我。"

骚狗给大家留下一个悬念，大家就越是想去，人人都发挥着自己的想象力，有的说是战斗故事片，有的说十有八九是反特片。我们半下午就出发，鸭母说她懒得去，就没去。到了电影院门口，一片冷清，我就问卖瓜子的婆婆，今晚是不是放《英雄白跑路》，其他人也逢人便问，问得那些城里人哈哈大笑了，我们才恍然大悟，原来上了骚狗的大当。

赵海祥家住在医院里，他父亲是医院的会计，医院和电影院毗邻，于是我提议，看不成电影就去看赵海祥。赵海祥见了我们，一个劲地笑，笑了好久才努力停下来。他想与我们说些高雅的话，表现出在表决心会上那种风采，却连一些简单的语句也想不出来，费了好大劲终于憋出一句："扎根农村……"就又笑起来。一问详情，他的第二脊椎破裂，被抽了脊椎，影响了中枢神经，再就是他知道抽了脊椎就不能参军，两害相攻，他疯了。

可民兵连长居然说他并没有叫赵海祥背谷子，赵海祥是自己骑马玩摔的。于是知青档案上就这样写着："赵海祥，男，18岁，第二脊椎破裂，属'非工伤'。""非工伤"就意味着药费不能报销，意味着不光荣。我听了心里像吃了秤砣，沉沉的。我是事故的目击者，发生事故那几天，我和赵海祥如影随形。"这是造谣中伤啊，这是丧尽天良啊，这叫什么公理哟，简直比婆理都不如，是婊子的理，不要脸的理!"我心里这样一想，就骂了出来，赵海祥一听，抱住我就是一场巨哭。

告别赵海祥，天已黑尽。回来的路上，大家七嘴八舌，开始是说赵海祥的事，后来就把话题转移到骚狗身上，说回去一定要好好整治他。众人骂骂咧咧，骂着骂着一场大雨把每个人都淋成了只走路不说话的落汤鸡。

大家气呼呼地回到仰天弯，骚狗正在男知青寝室里抽烟。几个知青二话不说，上去将骚狗按翻，将他的裤子脱掉，贺某一扬手，把裤子扔到房子上。骚狗见形势不妙，光着下身又是敬烟又是解释。他说他也是听人说的有电影，而且影名就叫《英雄白跑路》。

骚狗从衣袋里掏烟来收买大家，慌忙中一个避孕套被带了出来，我马上用脚踩上，再隐蔽地捡起来。不用说，这是他和鸭母做那件乐事的工具。我一个顿悟，骚狗就是为了这狗男女之事，才骗我们去看电影的。我说："骚狗，我是福尔摩斯，你那点花花肠子有多长我全知道，天知地知、你知我知，不说了。"

贺某笑着说："什么黑话，难道我们这里成了威虎厅不成?"我说："这里不是威虎厅，但是这里有个许大马棒。"

大家都不明白其中奥妙，只有我和骚狗心中明白。当晚，骚狗和我挤睡一张小床。

（十三）

到了第二年，粮站不供应米了，知青的粮食都由生产队供应，当时流行一句话"劳动者得食，不劳动者不得食"，爱东跑西跑的知青就面临着不得食的危机，骚狗就成了典型的不得食者。贺某魁梧，初看属力量型知青，脱骚狗的裤子就是他唱的主角，然而又喜读诗书，可谓文武全才。我也带点秀才的酸味，按

辰
时

知青们的话就是"臭味相同"。

这天贺某说："骚狗轻而易举就把我们骗了，我们今天去他那里，强行叫他办招待，看他娃儿又拿几个脑壳来耍我们。"我响应，就去向彭副书记请假，说要出弯去抓药。一经同意，立即出发，轻车熟路来到骚狗的住处。骚狗不在家，问农民，说是到生产队保管室去了。又去保管室，骚狗正在和保管员吵架，骚狗见我们来了，气焰更嚣张，恶得像条狮子："你称不称粮？不称我弄死你！"骚狗说。

"我不称，你不会把我鸡巴咬七个孔当唢呐吹吧？"保管员把嘴伸到了骚狗的耳边。

骚狗就从大衣里取出一个炸药包，点燃导火线，保管员被这突然袭击吓得转身就跑，骚狗穷追不舍。追到公路上，骚狗将炸药包掷出去，保管员吓得"唉呀"一声爬下，骚狗也同时爬下。过了很久，没有炸，骚狗蹑脚蹑手走过去，捡起炸药包，看了一阵说，大概是雷管回潮了，马上又摸出一个雷管和一段导火线，重新安装。保管员站起身来直向骚狗求饶："我称，我称，称给你，称给你。"

骚狗把凶相展示得淋漓尽致，抓起扫帚照保管员便打，打一下就骂一句："你不听话，你不听话，你不听话……"保管员像个受罚的孩子，挨一扫帚就退一步。

骚狗领到80斤谷子，我们三人一路凯旋。路上骚狗眉飞色舞地说，他炸药包里装的是锯木面，雷管是一个纸筒，只有导火线是真家伙。

骚狗用30斤谷子换了一只鸡，买了一斤半酒，一直吃到天黑，三人一醉方休。此事发生在金秋十月。

（十四）

10月真是个多事之秋。不几天，上面来了通知，要征兵，男兵女兵都要，所有的知青都来到公社，接受祖国的挑选。

检查外科，五人一组，两个军医叫我们进了一间小屋，其中

一个戴着眼镜，叫我们脱成全裸。我们五个你望着我，我望着你，迟疑着不肯脱。"眼镜"和颜悦色地说："小青年们，快脱吧，你们就像我的儿子一样，脱了让叔叔看看，这有什么难为情呢？人家女青年都敢脱，你们还不如大姑娘吗？"我们这才把脸对着墙，脱得精光。"眼镜"叫我们站成一排，喊一声"立正"，每个人的阴部就摆动一下，再喊一声"稍息"，再摆动一下。"眼镜"反复喊着："稍息！立正！向左转！向右转！齐步走！"折腾了好一阵，又叫我们反手抱着头下蹲着走，这是一个难看透顶的姿势，屁股翘着，后面一个的头就对着前面一个的屁股，人人的肛门都暴露无遗，"那话儿"随着屁股的左右摆动而摆动。

骚狗的阴茎已有膨胀的趋势，我也潜伏着这种危机，就狼狈地问军医要结束了否。军医笑着说："还有关键的一项，这一项就是直接伸手来探睾丸，看是两个还是独的，捏阴茎看挺不挺得起来。"人人的阴茎都被弄得雄赳赳地挺着，这一下我再也忍不住，"噗哧"一声笑起来，引得五人一齐大笑。两个军医却一脸正经地在我们的表格上填写着，一副大饱眼福后心满意足的神情。这次招的是北京部队，要求严，全县只招了24个，知青占六个，多数人被白折腾了半天，然后被痛苦地淘汰。

此时的赵海祥正在病床上饱受痛苦，他一听到征兵的消息，就要他父亲背他去验兵，他父亲没办法，就请医生帮忙。医生就哄他，说接的兵已经把兵都接走了。赵海祥听到这句话，就疯得更厉害，拔脚就往桥上跑，跑到桥中央毫不犹豫纵身跳了下去，一命呜呼。带着悲惨，带着遗憾随波逐流而去。我想，要是老天爷不为难他，凭着他的努力，混个营长乃至团长什么的也难说。

（十五）

随着知龄的增加，好多知青都变得散漫起来，干活三天打鱼两天晒网的人不断涌现。

公路通到公社就是终点，只要有车，都是到县城的。到了年底，知青们三五成群在公路边上拦车，搭上的洋洋得意，没搭上

辰
时

的垂头丧气。我曾沾鸭母的光搭上过一次，站在车箱上，放眼公路两面正在田里劳作又仰视我们的人们，好不风光。

女知青搭车最容易，她们只需面带笑容，向师傅一说，一般都是有求必应。不管是车还是拖拉机放空回县城，沿途就有正在田里干活的女知青露出花一般的笑容向驾驶员招手，每每这时，驾驶员就一脸严肃而又十分乐意地紧急刹车。女知青们就笑着闹着连锄头一起丢上车箱，然后就上面拉的拉手，下面推的推屁股爬上车箱，嘻嘻哈哈扬长而去。

这天听说县城放映南斯拉夫的《桥》，影迅传到仰天弯，就有男女知青八九人奔赴县城看电影。正好一辆东二八大拖拉机到县城，该车且行驶且搭人，一路下来就有十几个知青兴高采烈地站在车箱上，绝大部分是女的。我们一到公路边，就看见这辆东二八颠颠簸簸地开来了。骚狗到仰天弯曾说过，搭车要举左手，代表左派。我们几个男知青跑在前面，大家都高高地举起左手，车却没有停，公路上扬起的灰尘倒是拥护了我们很久。车上几个女知青笑语飞扬向我们使劲招手，示意我们爬飞车，可惜我们仰天弯的知青没有一个有这种本事。好在都是年轻人，个个脚轻腿便，又是男女同行，有说有笑，很快就忘却了搭不上车的懊恼。

城市野猫

县医院就在我们进县城的入口，刚走上门诊部那段斜坡，看见一群人乱哄哄的，贺某说："看热闹当过年。"我们就争先恐后地跑过去。觉得氛围不好，刚才在拖拉机上向我们招手的那几个女知青，这会儿脸变得像难看的青苹果，问也不答话。骚狗也在场，就问他："马兰的肛门破裂了，正在肛肠科抢救。"骚狗说。

我们就追问详情，骚狗说："拖拉机到了盐业公司停下，大家抢着下车，有一把从车上丢下的板锄就竖放着，马兰倒退着下车，下到一半她也不回头看看，又倒退着一跳，屁股正好落在锄把上，锄把穿透卡机布裤子、毛裤、春秋裤、内裤、直插肛门，马兰当即倒下，屁股上仍然带着一根锄把，女知青们一个个吓得面如土色，不知所措，是我亲自把锄把拔出来的。"说完他指了指放在墙边那把万恶的锄头。我一看，上面还沾着屎和血。这时，我一下子联想起毛主席"男女都一样"的话来，我的最新理解是：漂亮也好，如花似玉也好，肚子里装的不都是秽物吗？

马兰是电影院长的女儿，生得又白又嫩，前年8月1日下乡时，我曾想去帮她背行李，无奈有她那严肃的父亲随行，令我望而却步。后来在路上见过几面，彼此都留下一些好感。刚才在车上向我们招手，她最激动，我一路上老惦记着她，而眼前我的最新理解又缓解了我充满神秘幻想的心理负担。

不几天就是春节，知青们大都回到了县城。马兰却是在医院里度过这个重大节日的。不幸的遭遇对她本人无疑是一场噩梦，少女的自尊心受到了极大的伤害，拒绝任何人看望，只有向华能获准进入。向华告知我们，马兰泪流满面，说今后无脸见人，已有轻生的念头，曾把输液管拔掉，让血倒流出来，被她父母日夜监护着。

向华去年6月回到县城，在矮中任代课教师，她说她就用课本上丁佑君的故事鼓励她，我说："那些都没有用，请你再去向马兰转告我的话，叫她出院后离开笔直路，离开矮郎县，躲得远远的。"果然，马兰再也没有回来，至今也销声匿迹。

（十六）

一混到了翻年3月份，又接到公社召开知青会的通知，会议内容是讨论扎根农村一辈子，还是回城的问题。先开大会，再分组讨论，刘带队在各组之间跑来跑去听发言，发言惊人地一致，都说要服从祖国需要，扎根农村一辈子。刘带队点着我的名，我说想回城。我的出语惊人，使会上一片哗然。刘带队马上把我的名字记在本子上，然后笑着说，你们要向大丰收学习，是怎样想的就怎样说，我们就是要征求每个人的意见，好做回城的安排。与会者如梦初醒，一些人就马上改口，说真实的想法还是想回城，刘带队一一将名字记上，但仍有一部分知青坚持服从祖国需要的说法。后者最终还是于1977年全部返城，但是好单位已被前者占了。

辰

时

那时候都是一日两餐，吃过午饭不再开会，大家就在公社门口或站或坐闲谈。刘带队说："知青马上要走掉一半，马兰这事也得有个书面材料了结，拟个什么标题呢？"张知哥又喝了酒，脱口而出，标题好拟，就叫"美女吹潇"如何？在场者顿时笑得前仰后合。王忠补一句，这个标题好到了顶峰，又生动又形象。刘带队把脸一垮，你们简直无聊透顶，阶级姊妹都能乱说吗？他不敢再找张知哥的麻烦，却叫王忠写检讨，除了检讨对马兰那句话，还要检讨宣扬林彪的顶峰论的问题。

片刻，王忠就来找我："帮我求一下刘带队，检讨就别让我写了，那玩意是要装进档案的。"

"试试看嘛。"我说。

趁着刘带队进屋，我也尾随而进，我假装问："咋这么多知青会哟？一会儿又开，一会儿又开，我都记不得开了几次了，不过这种会再多我们也拥护。"

刘带队笑笑："说白了，就是借机让你们休息休息，不说开会，我还能直接叫你们旷工？"

"王忠的检讨要是装进档案……"

"当着众知青，又有我在场，那些话传到人家耳里有他好果子吃，不给他点颜色他还要说下去，让他自我批评吧。"

我心领神会，由衷地说了声谢谢。

看电影这事，知青们仍乐此不疲。春节过后，春暖花开，气候宜人，又没有淋漓之苦，而且不知为什么，从1976年初起，电影的场次就多起来，大家也就跑得更勤。

王忠母亲的病情在春节前就大有好转，所以王忠也不再装模作样学医书了，而是投身到了我们看电影的行列中。

县城放《东进序曲》，我们又去看，买了票正在影院门口等入场，马兰的母亲就出现了。她抓住王忠的衣领，质问王忠在公社门口说了马兰什么，王忠矢口否认，对方就要拉他到民兵指挥部，王忠就信誓旦旦地发下毒誓："我要说了马兰半句坏话，我被车碾死，我被刀砍死，我被抢打死。总之，随便怎么死都行。"

我们大劝而特劝，王忠才得以脱身。

5月份，场部建饲养场，男劳动力全部去挖瓦窑，做瓦坯，背烧窑柴，王忠被安排去挖窑。

上午12点，我背回第二背柴，就听见彭副书记喊："快！快！快掏！"

是窑顶塌了，王忠和另一个农村青年被埋在里面。两个小时后，王忠被掏出来了。大概是他把锄把杵在下颌上，土塌下来，锄把就从他的下颌戳进去，直穿透头顶。他是跪着的，农村青年也被挖出来了，是坐着的。王忠发的毒誓才三个月就兑了现，很多人对此大感不解，更有甚者去问老师，老师说这是巧合。

（十七）

6月份，县上来了消息，已开始知青大招工，指标是70名。我被分在县农机局，鸭母在县革委办公室，张知哥在县公安局，向华去了成都，安文招工榜上无名，未回城就嫁到了甘肃，贺某1977年被分在水泥厂，后来说是嫌职业不好，只身到了瑞丽，娶了个瑞丽女人，在那里做起了药材生意。去年张知哥去瑞丽办案与他邂逅，回来吹得天花乱坠，说贺某是所有知青中最有钱、日子过得最好的，几千平米的大厦，如花似玉的妻子，骚狗和他比，简直就没有可比性。

骚狗回城后就和鸭母结了婚。骚狗很会混，又是南下干部的子女，参加工作第二年就当了局团支部书记，第八年荣升为副局长（请原谅我不能如实地写出他单位真实的名称）。此公自从当了副局长，可威风了，常常是小车出小车进，一副蒸蒸日上的样子，我们照样常来常往。鸭母成了局长太太，在时装的陪衬下，愈发显得光彩照人。

1984年初夏，鸭母在露天舞场对我说，骚狗要到成都出差，往返一个星期，她想邀约我重游故地——仰天弯，她说那是个值得留恋的地方，再不去，老了就会失去这一份宝贵的激情。她要去看看当年种的树，还要解开当年的情结，趁着舞兴，我把嘴附

辰时

在她耳边："不但要去，而且要去。"

知青们全部回城后，仰天弯的人就全撤了，一改当年那热火朝天的景象，只有一老一少看管着那满山的果实。这些果实静静地成熟，散发着香气。等候公社一年去收获一次，然后就送到县里各部门和有关人员家中。

我和鸭母一早乘上班车，半小时下车，再顺着山沟爬一小时就到达仰天弯。我们找到了仰山弯那块石头，鸭母拿出春游毯铺在果实累累的梨树下，把野营食品都摆上。吃毕，她叫我背过身去，我悉听遵命。好一会不见动静，我便回过头来。呜哇，她已经把衣裤脱得精光，用手捂住脸，白晃晃地躺在那里呢，至于后来怎么了，恕我不便奉告，相信你够聪明，自己去猜吧。

后来，骚狗大概对我和鸭母的浪漫史有所知晓，曾多次对我说："仕为知己者死。"

我和鸭母称这次艳事为"果树事件"。"果树事件"发生半年后，骚狗再次被提升为局长，他主动为我把工作联系到了成都，在《四川日报》任编辑。

多年来，我一直沉浸在与鸭母的情感世界里，就离了婚，再不娶。两三千元的工资，除了自己的开销，支付孩子的生活费，其余的全部毫不吝啬地用来接待曾从矮郎县笔直路公社走出来、当了官和没有当官的知友，他们只要来成都，我一律破费。

我这些怪异的行为告诉我，在人生的道路上，我逐渐成为一架空洞的躯壳在行走，而我真正有血有肉的灵魂的脚步，还始终停留在1974~1984年，停留在人生的辰时。把渺小的生活当珍贵的记忆，把畸形的心态当所谓的崇高，这也许是一切俗人共有的弱点——执着。

城市野猫

微型小说七则

老者评二滩

为了符合力学原理，工程师将二滩大坝设计为双曲拱形坝，像一弯新月，横跨雅砻江。

二滩大坝誉满全球，国人引以为荣。一老者犹为兴奋，工程还在建设中，他就迫不及待租车专程前往目睹。睹后却大为不悦，愤然问道："谁是工程师？"对方反问："有何指教？"老者就用国骂进行批评："修人家的球，大坝都被修弯了。修不直吗，在江的两面拉根线嘛！"对方觉得蛮有趣，于是抛砖引玉，顺势将话题引向深入，说总工程师是老外。老者想了想，认真地说："外国人干的事，我懒球得管，如是中国人搞的，我就去建议建议。"

"黑了来"

她46岁，近来为儿子办理出国护照颇费心机。上午，她又来到公安局领证办公室，络腮胡子见她一身俏打扮，不禁抿嘴一笑说："黑了来。"她很老到地会意。晚9点，她连换三件连衣裙，打四遍鞋油，对着镜子把嘴唇抹了又抹，把头发梳了又梳，提上礼物愉快地来到络腮胡子办公室，门却关着。

翌日，她一进络腮胡子的门就小声怒问："你叫我黑了来是什么意思？"听了多时，络腮胡子才省悟，板着脸说："'黑了来'就是核实了再来之简言,你要到户籍室核实你儿子的年龄、学历、职称,再到这里办手续,明白了吧。"

"唉呀,我中了你的声东击西计!"她说。

贼的意见

去年春节,卞女士家中的香肠被偷了。今年春节,卞女士家中的香肠又被偷了。一家人你怨我,我怨你,卞女士气得哭起来。几天后,丈夫发现谁在门缝里塞了个纸条,上面写着:今年的香肠没有去年的好吃。卞女士得知那贼吃了香肠不尽满意,不禁转哭为笑,高兴地说:活该。

卞女士进医院

卞女士的女儿得了久治不愈的感冒,去就医。女医生得知是顽疾,好言相劝说:我的医术有限,明日逢专家门诊,你挂专家号为妥。

翌日,卞女士遵医嘱挂了专家号,进屋一看竟是昨日的女医生。女医生解释:不是我冒充专家,而是专家有急事,院长叫我临时来顶替一下,我也没办法呀!

卞女士说:要是你能顶替我女儿得一天感冒该有多好呀!

尊重美女

遥想当年,本人青春年少,未婚,又秉性善良,性格酷似贾宝玉。因此,但逢美女必行注目礼,以示尊重。

刚进单位就得一美差——采购,一行四人到西昌采购车床一台。售货者,美女也,我用尊重的口吻索发票一张。

美女:单位?

我说:永兴综合厂。

美女:永字怎么写?我如实告知。

美女:兴字怎么写?我又如实告知。

紧接着"综合"被她写成了"中活",于是发票作废。美女恼羞成怒，撅起小嘴冲我怒斥："讨厌。"然后很自信地写上"厂"字，我拿起发票细看，"厂"字头上又多了一点。

从此，我对美女的尊重就持谨慎态度。

成都人真多

1989 年，我们单位的驾驶员第一次驾车送领导及采购员一行到成都。到了盐市口，他就发出感慨："嚯，成都好多人哟。"没有人回答他，只在心里说："土包子。"过一会他又补一句："怕有十万人哟！"引得一行人大笑。其实，那会儿的成都就已经是一个近千万人口的城市了。而他的想法是，盐边县城的人口只有两万。他就毛起胆子批了个十万。

吓死你

1997 年，盐边县城举城南迁，到了一个崭新的县城，人们不免兴奋，街头路旁只要遇上熟人就侃侃而谈。几个老太太在路边摆的大龙门阵正好被我听见："你晓得不？攀钢欠了好多外债哟，你猜猜看，有多少。"然后自答："吓死你，起码有一百万了。"而当时攀钢欠的债务是几个亿。一百万在老太太看来是最多的数字，这就叫定式思维。

村倌·劳模·谢登才

2004 年 9 月 15 日，我受命采访攀枝花市盐边县永兴镇新胜村党支部书记——谢登才。因为是造访，所以要问道，每问到谢登才这个名字，回答总是赞语声声：

"不错不错。"

"很值得一写，对他的评价就两个字，服气。"

"他这个人和电视里表扬那种人一模一样。"

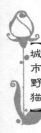
城市野猫

这些话出自我所相遇的每个人口中，唉呀，简直就是如雷贯耳。

例位看官，千万不要说，我见多了，吹捧文章大抵如此。但是，请相信我一个写匠的人格，我告诉你，有时我不小心说了有失公允的话我会失眠，会郁郁寡欢，我的这种弱点和谢登才的事迹一样，没假。

土生土长的谢登才 1975 年入党，1976 年任新胜村二社副业队长。一上任，他就决心要消灭这里的贫穷，由于当时的条件限制，两三年下来，贫穷这个顽固的敌人岿然不动。他决定走出去看看，一定要找到致富的法宝，于是 1979 年，他加入了永兴乡建筑队。凭着他良好的表现，不到两个月，就被提拔为建筑队副队长。

建筑队其实就是自己找饭吃的一帮人，工程靠自己联系，干活靠自己出力，而谢登才却如鱼得水，顺利地在攀钢承包了一段保坎护坡工程。工程结束后，利索地将民工工资付清，该上交建筑队的管理费也不折不扣地上交完毕，自己收入 1 万多元。

当时新胜村的小学离村子很远，学生读书要走一个多小时路。更要命的是缺水，学生上学要自带水壶，用学生的话，就是学校那个地方太不安逸了。坚决要改变学生读书难的问题，这是谢登才最初的夙愿，现在他捧着这 1 万多元回到村里，二话不说，哗哗啦啦数出 3000 元，再由村里出资 7000 元，把学校新建到了一个大家认为安逸的地方。要知道，1979 年的 3000 元，那是一个多么令人感动的概念呀。

从此，谢登才总是福星高照。去承包工程，一包就到手。在施工中连小小的工伤都不曾发生，别人摸着棍棍棒棒的事，他摸着总是顺顺当当。他说这有两个原因，一是自己讲诚信，在工程质量上从不含糊，人家就会放心把工程给他。二是严格操作规程，这样做虽然多费些事，却能杜绝工伤，没有工伤就能赚钱。

1985 年 6 月，原新胜村的村支部书记刘友才，因抢救水库险情光荣牺牲（被四川省人民政府授予烈士称号），永兴乡党委书记丁自禄对谢登才的好名声已有耳闻。丁自禄是善于调查研究的人，他要为新胜乡物色一个和刘友才一样全心全意为人民服务的村支部书记，只听别人说某人不错还不放心，于是埋名隐姓到村里对谢登才做了暗访。暗访的结果简直就成了神话，居然没有一个对他说"不"的，丁自禄听到的是同一个声音，只有谢登才能接烈士的班，只有谢登才能挑得起这副重担。

永兴乡党委立即做出决定，向还在外乡的谢登才发出召书："急回来，接替烈士刘友才新胜乡党支部书记的职务。"

谢登才当时正在外面干得欢，银水总往他这边流，村支书一年那点补助和他干工程的收入相比，简直就是九牛一毛，但是，谢登才毅然选择了回来。

当我问及他，你当时放弃挣钱的机会不觉得可惜吗？他说：村支书是比芝麻还小的官都不算的角色，要比收入就更没得谈头。但一想到刘友才为了党和人民的利益，连命都舍得，而我从

073

建筑队回来，仅仅只是少得点钱嘛，钱和命相比，命肯定比钱贵重嘛。再说，现在党又需要我，我也想把家乡搞起来，我当然要回来啰。

能人就是能人。回到村里，谢登才马上办起了酒厂，产品质量名扬近千里，四面八方的酒鬼酒仙都来买。酒鬼说：这是纯粮酒，喝了不会发酒疯。酒仙说，好酒越喝越兴奋，你这个酒喝了想唱《心太软》。

这阵子谢登才每月能挣2000多元，在1989年算首富。但谢登才是个散财童子，谁有困难向他开口他就借，谁读书交不起学费他就代交，谁生了病他就是贷款银行。到目前为止，散落在外面的呆账、死账已有2万多元，但他还是乐呵呵，笑嘻嘻，继续做善事，大家说他是"善人"。

1988年，县林业局的伐木指标拨了新胜村，谢登才首先强调的是，严格按照国家林业采伐政策办，其次是正确做账。由于遵守了林业采伐政策，头年采伐了第二年指标又来了，连续采伐了五年，群众收入大大增加，由原先每户收入仅400元增长到1000元以上，集体积累从原来的几千元增加到43万元。

我就问，你们是采用什么方法使账目清楚的，他说：事情原本就很简单，只要当家人心正，账目就不会复杂。

伐木工作正干得轰轰烈烈，谢登才却有了心事。虽说这林业局支持咱们，但毕竟不是永久的事，木头终归是要被采完的，不能只埋头拉车，还要抬头看路，下一步该怎么办，得理智地想想。

某天，他去为村里一个老人祝寿，老人家院坝里正好有一棵板栗树，树上的板栗结得成砣。谢登才突然来了灵感，种板栗岂不是一条绝好的路子吗！就又向林业局求援，林业局长李平富对新胜村伐木的工作本来就非常满意，曾在会上说，你们新胜村不枉自拿点木头给你们伐，既按政策办了，集体还有积累，群众生活也有很大提高。

这看似平常的话，却饱含着对谢登才的高度信任，有了信任，话就非常好说，李局长当真又开金口，支持！你的想法很好，相信你能有作为，钱拿到你手里我们放心。不久，4万元的树苗费就到了新胜村的账上。就是这点有限的钱，在新胜村造就了1000多亩板栗树，这些树早已挂果，棵棵都苗壮，放眼望去，到处都是绿油油的哟！

我问了一下板栗的产量，答曰每年能产5万公斤，合人民币25万元，而且每年增加的产量会以5万元递增。

经济要翻番，光小富则安还不行。农户种一亩粮食，只能收入1000元，而种桑树，一亩则能收入两三千元。谢登才把这笔如意账算给乡党委听，乡党委高兴得像捡到了金子，马上表示支持，马上催促实施。这样，新胜村的野外又添一层新绿，白花花的蚕茧四季丰收，白花花的银子又一次鼓胀了群众的包包。

2003年，新胜村名声在外，自然就被县委组织部例为"三村建设"的示范村，谢登才想，既然是示范村，就应该有很大变化，有了钱就应该搞好基础设施，这才是一劳永逸的百年大计。村口就是省道线，修一条3.3公里的水泥路进村，让它为新胜村奔小康打好基础。

村里还没有一个开会的地方，应该再建一个村部，两件事情一齐办，要干就干巴适，质量要过硬。谢登才亲自参加劳动，这样才好掌握质量。现在，这两个工程像两块光荣榜，摆在新胜村的大地上，熠熠生辉。

上面拨钱给下边搞项目，最怕的是把钱拿了去，一年半载去验收，结果却是两个字，失望。而谢登才办事办一件成一件，上面拨给村里的钱，他半点不落地全部用在项目上。跑路费还要自己贴，十多年来，他贴的钱已有万余元。

新胜村的好名声势不可挡地传到了市里、县里，得到了多个部门的赞许，很愿意将资金投向新胜村，因为投给新胜村会万无一失，送给新胜村一滴水，会变成大河，送去一根苗，会变成大树。

2003年，谢登才采用国家补助部分资金，本村自己出部分资金，社员投工投劳的方法，使全村 166 户人家都建成了沼气池；安装自来水管道 16000 多米，使每户人家都用上了自来水；架电线 30000 多米，做到全村通电率百分之百；最近全村电视覆盖率也达到了百分之百；引进了黄羊 100 只，现在发展到 200 多只，三年过后就会发展到 900 多只；种植草场 650 亩；种植花椒 1100 亩。

还有一件值得一提的事，他号召采用由村里补助每户农户 250 元，剩余部分农户自己承担，把家家户户的墙全部粉刷一新。现在，白墙和绿树互为陪衬，好看得很，有诗情画意呢。

在同一贫困起点上发展起来的村，在全省比起来，新胜村都是最好的。新胜村的人民生活有了很大提升，产生了质的变化，得到了社会各界的认可，这与谢登才的努力和奉献有着直接的因果关系。

1994 年 12 月和 1999 年 12 月，两次被攀枝花市人民政府授予市劳动模范称号。

2001 年 3 月，被四川省人事厅、四川省计划生育委员会授予"计划生育先进工作者"荣誉称号。

2002 年，被中共四川省委评为农村"三个代表"重要思想学习教育活动先进个人。

2004 年 3 月 5 日，被攀枝花市委授予优秀党支部书记称号。

从 1985 年到现在，共得镇、县、市、省嘉奖 23 次。

现在谢登才已经 50 岁了，但豪情满怀，对未来充满着信心。看样子再过 20 年，激情也不会衰退。

金果飘香，秋风送爽，我走在采访归来的路上，带回了一个共产党员、劳动模范、优秀村官金子般闪光的事迹，意在让我们的身边涌现出更多的谢登才。

这儿有支创业歌

　　话说 2001 年 8 月，国有企业改制进入最实质的阶段——企业解体，职工解除身份，买断工龄，自谋职业或重新组阁。盐边县化建公司 18 名员工处在彷徨中，对于解体后到底怎么办，没有人能回答。十个人就有十二个主意，想法很多，可真要把设想变为现实，几乎没有一个想法是经得起推敲的，何去何从，众说纷纭，于是就有了下面的故事。

　　夏斌，这个"70 后"的年轻人很有想法，主张大家不要散伙，以原有的固定资产为依托，只要大伙把精神振作起来，重组创业，还是能够走出一条谋生之路的。于是，大家就推举他当头儿，叫他夏总。

　　当时留给这群人唯一可以经营的项目就是炸药，注意：你可别认为这是垄断物资，其实有难处。

　　第一，炸药这个项目一样是有竞争的，当时国家要整合经销单位，整合就是对杂乱的爆破行业实行精简，走规模化、集团化的道路。整个市区只批一家，而想来竞争的都是实力强大的企业，国家当然愿意将这种事关安全大事的重任交给有实力的人。为了在竞争中有足够的优势，夏总号召大家将买断工龄的钱作个人入股，大家怀着忐忑不安的心情，终于凑够 100 万元，拿出其中 50 万元完善炸药库房，使其达到国家安全标准，化建公司在硬件上占了优势，终于保住了炸药经营权。

第二，炸药既然是国家特种物资，那价格就不是自己说了算，物价局有严格的规定，必须执行国家价格，也不可能在税收上有任何优惠，利润十分微薄，因此，仅靠这单一的项目是不能维持的。

必须拓宽经营门路，1999年1月，川投电冶进入盐边，这就给化建公司带来了机遇，为了与这个大公司做上生意，夏总真是费了一番心思。

再大的企业，有时会因为一个小问题而影响全局。这时，夏总就不失时机地出现在川投的工地，川投哪怕只需要一根铜管，一个小配件，他都立即组织人员去采购，及时送到工地，以解对方的燃眉之急。事情虽小，却给川投留下了极好的印象。于是川投决定将做包装桶的冷轧板供应业务给化建公司来做，过了不久，干脆把批量生产的包装桶加工业务也一并给了化建公司。几年下来，这两项业务让化建公司获得几百万元收入。这就是重组以来他们淘到的第一桶金。

城市野猫

依靠川投，不是长远之计，它流动性大，工程一旦结束就走人。2005年春，川投公司果然搬走。靠山不见了，合作伙伴留下的只有一声"再见"。然而，夏总有的是办法，2006年，在他的一手策划下，又在本市注册第一家瑞祥爆破公司。前文说过，单靠经营炸药很难维持运转，一个是利润有限，另一个是销售数量有限，很多职工因此而没有岗位。注册了这个公司，业务范围就扩大了，增加了工程爆破、爆破设计、爆破评估、爆破施工、全市爆破培训。再用100万元购6台炸药专用运输车，对全县的各定点用户进行炸药配送，实现了从生产、销售、运输、使用、蓄存一条龙服务，人们称这种方法叫"爆破一体化"。公司人员满负荷运转，化建公司又一次在无情的市场竞争中打了一场翻身仗。

搞经营，当然是门路越多越好。2008年，又投资800万元，与四川雅化实业集团股份公司合作，上了一个技术含量较高的项目，叫"生产现场混装胶状炸药"。这是一种最先进、最安全的爆破方法，现场将几种原料用泵灌进几米深的炮眼中，再加入敏化剂进行反应才变成炸药。这种炸药不存在储存，也不存在被盗一说，高投入就有高回报，这当然无疑又是一笔可观的收入。

经过多年的发展壮大和磨炼，化建公司在爆破行业已有相当的领先地位，说硬件，有资质、有设备；说软实力，信誉好，有亲和力。2009 年被龙蟒集团看中，将矿区所有爆破作业全部交给他们去做，合同一签就是 10 年。听到这个消息，我真是比结婚还高兴，你知道吗，笔者就是这个企业的股东之一呢！10 年的合同就意味着我这 10 年的红利有了保障，而且份额肯定令人乐观。

自 2001 年至今，化建公司为国家交税 1000 多万元，解决下岗国企职工再就业人员 30 多人，为希望工程、光彩事业捐款多次，还要负担改制时遗留下来 5 人的退休工资，成为全县乃至全市再创业成功的典范，它的事迹像一首动听的歌，正在被流传。现在，大家的遗憾只有一个，那就是当初入股的时候应该多入点，但是，如果世间有后悔药，我都想买一东风车。

夏总，一个红光满面的人，我看这个企业好运还在后头。

驾着大东风　向灾区挺进
——盐边县汶川抗震救灾纪实

　　2008 年 5 月 18 日下午，震撼世界的汶川大地震第六天，盐边县政府接市战备办给盐边运输管理所通知：紧急组织 20 台大卡车支援灾区，只加油，不谈钱，要求在 19 日上午出发。12 个小时要组织这样大的行动，这是盐边人遇到的第一次考验。

　　那几天加油站特别热闹，上百台车排着长队等着加油，20 辆车单单排队加油也得几小时。县委县政府雷厉风行，一齐行动。电视上说：灾情就是命令。县委县政府说：通知就是命令。下午 5 点正式投入此项工作，通知各方人员，半夜 3 点，各路人马到齐。紧接着，落实组织领导，宣布行动纪律，发放统一着装，制作横幅标语，手机电话高速运转，众人手机打得发烫，一切准备就绪，不觉已是大天白亮。

　　负责人员被确定为交管所所长肖科和红格镇副镇长李怀举，按常规理解，像这种临时负责可不是什么好差事，他俩却义不容辞，欣然从命。

　　肖科，一开始大家就亲切地叫他"司令"，并非大家不严肃，一声"司令"叫出了信任，叫出了兄弟般的情感，叫出了领导与群众之间的零距离。

　　李怀举，糖尿病患者，过去是军人，军人在这种情况下就不能婆婆妈妈说自己有病，最好的方法就是自己多带点药品，多带点无糖食品，然后打起精神，把自己伪装成健康人。

由于有人主动请战，出发时 20 台车又变成了 22 台。有的是父子俩同时上阵，有的是夫妻双双上阵，还有人怕干扰，干脆不告诉家里人，先斩后奏，到了路上再打电话回来。到了成都，红十字会正缺运力，驾驶员尤开新接受了单车从成都运台湾捐赠物资到映秀镇的任务。说是当天打来回，但事实上却是一去一回用了 3 天时间，可见当时的实际情况要比估计的情况严重得多。

其余 21 台车分别奔赴汶川、茂县、马尔康、黑水、德阳、绵阳、什邡、松潘，都是估计一天能到达的路程，往往要超过一倍的时间甚至更多。至于途中遇到的种种艰难险阻，各媒体也尽有报道。为了不至落套，本作者就不一一赘述，单说电视报刊未及的方面。

22 台车中，有 12 台是由盐边县红格镇组织参加，据李怀举镇长介绍，汶川地震消息播出的第三天，很多个体驾驶员就主动到市民政局，到当地党委、政府主动请战，这就与盐边县委和政府的想法不谋而合。

县上刘琳副县长、王纯楷副县长负责具体组织联络，不管是官还是民，无论是企业还是个体户，大家都有着同样的目标，同样的愿望，怀着同样的心情——要为抗震救灾贡献力量。难怪组织起来这么神速，仅用了二分之一个昼夜，就组建起一支强有力的救灾队伍。

特别是那些主动请战的个体驾驶员，有必要将他们的名字在此一提，他们是：红格镇的谢文志、张小虎、尹国富，他们的行动感动着我和所有的人，代表着盐边人的思想境界，境界有高低之分，他们是最高境界的那个部分，是当之无愧的楷模。

另一种情况也很感人，30 多万元买一台大车，谁都想尽快捞回成本，然后盈利，最后车还有个好模样，给买二手车的人一个好印象。然而，红格镇有 4 台大力神车，刚买来还未上牌照，就主动报名参加援灾，回来时已经面目全非，按俗话说就是折寿了。

7 月 18 日下午 4 点过，盐边县工业园区亨通公司也接到通知，把正在拉精矿和煤球团的车抽出 10 台，参加此次行动。据

081

该公司邓世忠经理介绍，公司满足运输要求应该是 70 台车，然而因各种原因导致只有 56 台车，现在又要抽调 10 台，真还有点突然，难处有二：

一是公司比不得私人小作坊，有事就忙点，无事就闲点，公司有个全盘计划，计划是与协作单位达成共识后根据合同制订的。一立公司生产精矿和煤球团，亨通公司负责运往攀钢，而攀钢与一立公司又有合同，环环相扣，一处脱节，会产生连锁反应。违反合同是要扣钱的，扣钱是小，企业与企业之间的信誉是大。亨通公司的老总邓世忠就找一立公司协商，一立公司老总沙立林马上表示，抗震救灾人人有责，管他钱不钱，你只管往灾区派车，一定要把这件事情做好，有什么困难我们一起扛。

二是现在的运输行业可以说是薄利经营，经营环节如不精打细算，是搞不走的。公司亏了倒是可以由公司担当，手下的职工利益怎么办？然而想不到的是，职工们主动报名，大家说：与其天天看救灾报道眼泪长淌，还不如到灾区去干点实事。勇跃援灾的场景让邓世忠颇受感动，于是邓老总当场决定每台车发现金 2000 元，加上买口罩，买人生意外保险，买药品，买食品，买鞋，买烟，每台车又是 1000 多元。

开会叮嘱，一定要注意安全，你们本来是振灾，一旦出事，反而成了被援助对象，就会给灾区添麻烦，岂不惭愧。于是和红格一样，每台车派两名驾驶员，驾驶员要最优秀的，为此，全公司三名汽车队长就有两名派往灾区。

由于人心齐，从接到通知到安排完毕仅用了三个小时。除了这些，邓世忠又带头个人向灾区捐款 2000 元。职工看见了，也跟着捐，职工捐款共计 3500 元。在整个援灾行动中，亨通公司为救灾所作贡献 20 余万元。邓世忠说，政府也许会补贴我们，但不可能满打满算，这也没有关系，作为企业，应该有社会责任。

7 月 29 日，援灾车回来时，一立公司的货已经堆积如山，沙立林说，我去与攀钢说明情况，相信他们会支持。

一个运输队，车辆维修是个重要问题，名叫灾区，修理条件肯定极差，一定要派两位技术过硬的修理人员同行。

光明修理厂经理高光明是干了30多年修理工作的行家里手，20多岁就成为国营汽车队修理工作骨干，国营企业解体后，自己办起了修理厂。

人会得怪病，汽车也有疑难杂症，凡是在别处解决不了的问题，驾车人都把车弄来让这个汽车通诊脉。肖所长知道他的功夫好，点了他的将，旧话说：艺高人胆大，他一口就应承下来。他真的就不负众望，把一辆辆被砸得千疮百孔的车死了又医活，要不然来去11天，22台车能活力十足地平安归来吗？

手艺再好，等车子坏了再修始终是下策，他的上策是，最好让车少坏或不坏。为此，哪怕再疲倦，高光明也要在停车场等候，回来一辆车就检查一辆车，看看螺丝松了没有，看看有无隐患，一经发现，立即排除。等车全部回来了，他也躺在地上睡着了，一觉醒来，才发现睡地下比睡驾驶室幸福，能伸直了睡。有一夜在成都，他有睡床的条件了，但他还是选择了睡地上，他认为修理人员要与车辆形影不离。

按他的话说，难得有一回这种既有重大意义又能做贡献的机会，50多岁的人了，要留点事迹在世间，不是为了名声好，而是给自己留下一些有意义的回忆。我的行动代表盐边县，代表个体户，代表七四届的知识青年，再过几年，有这种机会我也无能为力了，最大的愿望就是唯愿这次出去圆满完成任务。

高光明出门时带了2000元，全部用在买汽车配件上，不够又给别人借了1000元，加上出门时买药品、烟、雨衣，两人11天的工时费，算下来应该是付出了6000多元。他洒脱地表态，既然是做贡献，就一笔勾销，不要了，借的钱我自己还。我问他奖状你要不要，他脱口而出：奖状也不要。

事情总是一分为二，虽然地震是无情的，灾难是痛苦的，但又会给我们陈旧的、落后的观念带来更新的机会，更新的思想，会成为更大的推动社会进步的动力。这些感人的行动，不单纯是对同胞的同情，也不单纯是响应什么号召，这是人性的升华，这是站在人类高度看待问题的崇高品德在闪光。

　　此次进灾区一共 49 人，他们中间的很多人，去的时候仅仅是一个个普通群众，回来时，思想的提升可以用蜕变一词，所有人都向党组织交了火线入党申请，有两人一跃成了百分之百的布尔什维克，还有很多人正在向党员的佳境靠拢，因此，各党支部分别将他们列为预备党员和入党积极分子。

　　49 人中，有 5 人被市交通局、市交通战备办公室联合评为先进个人，对他们进行精神鼓励，他们是：

盐边县交管所所长	肖　科
红格镇副镇长	李怀举
红格镇政府工作人员	杨兴贵
红格镇个体驾驶员	尹国富
亨通公司驾驶员	张青荣

　　其实，这次援灾的每个人都是好样的，都是我们学习的榜样。现在，他们对这次援灾的付出是否有回报的问题是不闻不问，回来的当天就马不停蹄又回到各自的岗位上，悄无声息地干着自己原来的行当，仿佛昨天的事压根没有发生过。这是一些多么可爱的人。

　　文章写到这里，我此刻的真实感受是：他们高大，我渺小。

高山上盛开和谐花

2007年7月11日，阴，采访盐边县宏大铜镍有限责任公司。厂部，笼罩在海拔2100米的云雾山中；厂区，工人们正热火朝天地操作，深山里生气勃勃，好一个山中企业！

经理，姓周名晓白，体格与这个企业很匹配，中型。该公司在盐边属十大重点企业之一，而周晓白的笑容更著名，附近农民都交口称赞周晓白谦和。这个从凉山来这里创业的一条好汉，这个足智多谋的企业当家人，这个普通的基层政协委员，从容地将很多企业束手无策的企农纠纷，处理得美美满满，尽如人意——冷水箐山腰盛开着和谐的花朵。

2002年8月，他在省高院的拍卖会上，果敢地将破产的会理镍矿盐边采选厂竞买下来，沿用原厂的原班人员，再投资800万元恢复生产。这个日选矿500吨、年产镍精矿800吨生产能力的企业就这样开始运转，事情到了他的手里，一切都显得简单。

复杂的事在他手里显得简单的还有一件，原先的企业与周边的农民是冤家，经常发生冲突，矛盾尖锐到棒打刀砍的程度，原因当然很多，工农关系历来是个高难度问题。

"我们也一样，主导思想再好，话说得再好听，钱给得再多，不把农民当朋友，一样也处理不好这种关系。"

发展才是硬道理，周晓白把这句话挂在嘴边，在工人中讲，在机关里讲，在党员生活会上讲，并将这句话进行剖析：发展，不是蛮干，不是违反法律法规乱来，这样干不是发展而是破坏。发展是遵纪守法，是用科学的态度对待问题，是人人都必须具备的责任心。这个企业就是靠这种踏实的作风，从2003年进场到现在，销售毛收入达3个亿，上交税收4800万元，周晓白迈出了坚实的第一步。

处理好周边农民的关系也是硬道理，农民的关系处理不好，用一个词语就是"四面楚歌"。农民上门来找，三天扯皮，半年官司，企业不能正常生产，看你咋个发展？

路上给你隐避地安装几颗三寸长的钢钉，汽车一上路，"哐"的一声惨叫，然后瘫痪，山上没有修车店，和尚的老壳——没法（发）。

十天半月厂部来七八个农民，要求赔偿青苗费、污染费，你不赔，又的确损坏了人家一棵两棵果树，一分半分包谷，要赔得来，说不清道不明，三天三夜扯不伸的事又太多。对方漫天要价，你是企业家，你不讲理嗦！又歪又恶与你说文论武，弄得你工作不是休息也不是。

只要天干缺水，农民就怨企业，农民要用水灌田，企业要用水生产，企业争不赢，只好停生产，企业停产3个月，等于一年的利润打水漂，难怪原先的企业不死也不活，这就是原因之一。

不能亏农民，也不能不生产。为了化解这个矛盾，周晓白以每年1000元一亩的金额补偿农民，农民就改种水稻为种烤烟，一年下来，种考烟更划算。原先农民是一季水稻一季小麦，现在成了一季烤烟一季小麦，加上赔偿的1000元，农民相当于种了三季，而有一季，好比是天上落银子，白捡。

周晓白的父辈就是搞统战工作的老手，周晓白也就随缘成为一名善处人际关系的佼佼者。理念决定方法，虽然和气生财，但支撑这句话的实质却是以善为本。渔门镇8村7社是要经常打交道的，首先拿出2万元，资助该村把党支部活动室建起来，说白点，反正自己是个党员，组织生活也该有个地方。

企业有这么多活需要干，请外地人，他们不负责，钱一到手就不知去向，事后发现有问题你去找他的魂，何不就把活包给当地农民。当地人，抬头不见低头见，只要关系处好了，干不好他会脸红。

"三八"节妇女搞联欢活动，或者哪个好日子有民间庆典，主动去参加，拿点钱去祝贺，表表心意。受礼的一方觉得过意不去，又借节日或生日的名，补敬周晓白，事先声明，千万空着手来，不然就是方我。

周晓白的企业位居彝汉两族之间，处理周边关系的事，汉族这边交给社长周付安，他说一句顶我说十句，这人人品好，能力强。而周付安也认为，农民与企业是鱼水的干活，瓜秧的关系，要是这地方没有一个企业，农民连小菜都卖不掉，这周围的农民硬是要造孽。于是当个有心人，自己出钱办招待，把全社每个家庭的家长请到家里吃一顿，借机向群众灌输他的理念。说得在理，谁又会不服呢，又不是花岗岩脑袋，只不过有很多事都需要有个人来提醒，来开窍。人一开窍，海阔天空。

尾矿坝一年要出五六次险情，险情一出，企业损失大，农民生存环境会受到污染，周晓白就与周付安协商，他们离尾矿坝近，便于发现险情，由他组织一支抢险队，抢了险，企业会感激地付给他们酬劳。周晓白认为，我多付点钱算什么，能及时排险，保证尾矿坝安全，比什么都强，给农民增加点收入，还促进了工农关系。

彝族这边，如法炮制，一切交涉由龙树村的村长付春负责。有什么事，他用悦耳的乡谈叽里咕噜跟同伴一说，天大的事，马上变得和风细雨。彝族开党员生活会、过火把节，周晓白也准备一点小礼物去参加，对方觉得怪不好意思，就把野生蘑菇、瓜果蔬菜送到企业食堂，一次不够礼信，要多送几回，使其两不吃亏。

周晓白又把厂区通向国道的9.5公里公路交给彝族维护，每

高山上盛开和谐花

月 1000 元，有重大塌方另付。彝族一旦和你成了朋友，忠诚得很，安装钉子的人不见了，取而代之的是一些路上出现一个尖石头也马上将其清除的人。周晓白觉得好事还没做到位，于去年又将彝族另外两个村那烂得不行的村道出资 4 万元整好。路是修好了，彝族的人畜饮水还没得到解决，干脆好事做到底，把这些好事全揽下来，做了。还有两户村民的房子在高压线下，吹风打雷很吓人，也把它搬了。我不得其解的是：这些村道、房屋、人畜饮水与周晓白的企业无瓜无葛，他也去管，看来，只能用和谐之举来解释他的行为了。

过去，农民与企业关系恶化，企业看见附近的农产品像看见毒药，仗着有车，驱车到市区去买，农民也只好把农副产品运到西区、东区去卖，搭车要给钱，食宿也要给钱，一去一来，所得所剩无几，除了锅巴没得饭。农民是朋友，要像亲戚那样对待。周晓白吩咐：凡企业所需农副产品，一律就地采买，不得有误。这样一来，农民的买卖像进了保险箱，按农民的说法："'划得来'，'扎实安逸'。"彝汉两族乐得合不拢嘴，采购员也乐得好耍，阴倒喜欢。

现在，企业与农民的和谐相处、共同发展，已形成互动格局。周晓白的企业要是一不小心弄坏了一点农民的庄稼，或者有什么设施需要占用一点土地，程度在可以接受的范围，算了，不要钱，不足挂齿的事，怎么好意思向人家讨说法呢。要是数量超过一定程度的，对方就笑着说："好商量，好商量，按最低标准赔付吧。"社长还帮企业当参谋："你们要是如此这般，占地面积就小，如此这般后，农户那边由我打个招呼，就不需要任何赔付。"

山上缺吃，厂部一不留神来了贵客，打个电话，周队长就派人将所需物品送上山来。要吃羊，还帮忙杀好炖熟，盐边人做的全锅汤就是地道。当然，羊子钱是一定要付的，加工费也不能忘记。

采访第二天结束，天空还笼罩着阴霾，而我的心中，却似春光般明媚，因为我看到了当代企业家那令人赞叹的睿智、务实的理念、高尚的品德。还有，我发现了身边的榜样，使我的灵魂得到了提升，同时也学到了立身处世的宝贵经验。所以，我觉得跑这趟路真是不虚此行。

2007 年 7 月 25 日

高山上盛开和谐花

盐边这城

（一）

因二滩建设需要，省、市、县首脑以科学的态度反复考察，反复论证，并上报中央，盐边县新县城就决定搬迁到这美丽的雅砻江下游东岸了，这地方，OK！

它是目前我国最年轻的城市呢，恰似早晨一轮喷薄而出的红日，无比新鲜，这种不留一丝旧痕迹的城市，全国有几座？

走进这城，你很少看见那既煞风景又影响规划的"蜘蛛网"。主干道采用电缆隐埋，把30米宽的街道显得更宽阔。

交通没有死角，街道是回旋式，坐上三轮，不管从哪条路，都能到达每家每户门口，车却无需从原路返回，像演《地道战》那样，神出鬼没再驶向县城的任何地方。

为了这座城市的文明，建设者们有多少付出和牺牲，你能理解吗？

新县城两端的入口，喧嚣的环城公路与沟对面那一垅一垅的原始青藤只有几丈之遥，现代化与大自然这两种有着强烈反差的事物，居然如此地亲密无间，如此地相映成景，如此地令人为之一动。

晨醒，斤嘎嘎和冠冠雀亮开歌喉为你而歌；夜里，水鸟的寻偶声轻轻传来，柔和而抒情，这诗一样的意境，你说美妙不！

说新县城有水鸟，此话绝不失真，我就亲眼看见 D 区人工湖

城市野猫

090

里有水鸟临时来这里玩玩，却给我们平添一景。但是读者，千万别背枪去打，一个是我不忍心你破坏；另外，一旦被抓住，要受经济处罚，人家还要骂你是坏蛋。也别去挖山药，那原始青藤就是山药的苗，切记，切记。

（二）

因为从一个闭塞的地方搬迁到一个开阔的地方，从破旧的住房搬迁到崭新的现代化新居，这是十年前人们就期盼的啊，能不高兴吗。但是，问题也来了，搬迁的同时遇上了房改，既是房改，就得出钱买房子，尽管政策优惠了再优惠，可买房子不是买粑粑，一套房子优惠下来也得花两万元左右，买了房子就会想到要把新房子装修一下，让它与时代合拍，然而简单装修一下也要花一万元左右。装修了的房子旧家具摆进去不谐调，好比西装套草鞋，比旧房子配旧家具更难看，于是又换新家具，使之与其般配。

什么都焕然一新，旧家电又成了碍眼物，干脆旧快点，把家电也换成名牌特优，这样就成了一切都是全新，难怪大家脱口而出——新县城。

可是你的包包健康状况如何，是不是搞不搞的国防身体？

我的朋友很和谐，他说："钱虽然花了不少，但一切都换成了新的。"他又补一句："只有老婆孩子没有换。"他老婆也和谐："幸好什么都换新的，把你的包包抖空了，你要换新老婆岂不成了痴心妄想。"大家都笑了，真潇洒。我也补一句，其实在法律的原则下换老婆也是正当的，关键是不搬迁你一样要参加房改，一样的要出钱买房子，所以你一样的换不成新老婆。大家又笑，说言之有理。

看来，人们为了未来生活的美好前景花了钱，还是高兴的，因为利益归己，痛一刀，值得。

（三）

新县城地理条件得天独厚，有条件将房屋规划实行稀朗的布局，房与房之间留有较宽的绿化带，这种理想的规划又是其他城市可望而不可即的。

县委和政府针对刚搬迁时那光秃秃的环境提出了"让我们的城市绿起来、亮起来、净起来、美起来"的口号。县城建局就积极推行绿化工程，尽管资金紧，挤也挤出210万元来把这项工作落到实处。其实这点钱并不多，根据预算，新县城绿化工程总需资金628万元，210万元仅是起引导作用，正确的引导，在群众中掀起了植树的热潮，如果将职工的义务劳动折成钱，再加上各单位自己出的资，应该是搞了近1000万元的绿化工程。

栽什么树好呢？开会讨论，众说纷纭，决策者来了个民主集中：建议多种芒果树，少种橡树和小叶榕，建议吻合了群众的意愿，大家说："这个点子高，芒果树又绿化环境，大批芒果成熟了，就挂在路旁窗口，别有情趣之外，还给人们一个丰收的喜悦，绝啰，建议好。"群众就用实际行动支持，据今年统计，全县城已种植绿化树80000多棵，有的地段事后再看，觉得还要再栽才尽人意，有人就再次到城建局要树苗，城建局领导在心里说：群众，你的热情我理解，无非是对这地方的热爱，于是真的开金口，给，经费我们再想办法，感谢大家的支持。

为了这座年轻的城市脱颖而出、美貌超群，城建局招收了50多名清洁工，准备还要招收绿化工，为"她"打扮，为"她"梳妆。

我想，只要大家都努力，四五年后的新县城，将是一座绿树成荫、一尘不染，从街上回家不用脱鞋，留得住客的城市。登高一看，人在城中，城在林中，鸟在飞翔，你可能会说，这是一座美丽的林城。

（四）

老盐边位于三源河畔，唯一走向外面世界通道是冷水箐梁子，这里易守难功，是战略要地，前人选择这样的地方建镇，是战争的需要，是生存的需要，为了适应当时各自为阵、占山为王的社会环境，我们的祖先完全有理由作这样的选择。

今天，举世瞩目的二滩电站这一造福子孙后代的伟大事业，需要我们搬迁，需要我们用实际行动来支持，我们能说"不"吗？再有，雅砻江水开天辟地第一回被斩断，河底第一次现天，人类文明之花又一次开放，这真是千年等一回的事哟，我们能说"不"吗？同时，我们的领导层也清楚地看到，先辈的选择，已成为新时期经济发展的阻碍，具体表现为：交通不便、信息闭塞。于是，1997 年 7 月 1 日，一声号令，县城南迁，迁到有利于经济发展的地方去，去迎头赶上那领先的潮流。于是，我们——老县城的人们就光荣地成了这片曾经荒凉的土地的住户，成为几百年、几千年后这里的祖先，成为一部历史的主角。

有人曾这样形容老县城，点一支烟，从街的一端出发，当吃完这支烟时，你就到了街那头的终点（全城只有一条街）。后来，他又来到新县城说，要四个老盐边的天才有一个新县城的天大。这里的街纵横交错，不好用烟来测量，如果绕城一周，可能要抽一包烟呢。他的估计准确，新县城周长 8.8 公里，是一个广阔的天地，如果谁有钱不好安置，正好可以带到这里立业插脚，带到这里来发展，你也来、他也来，朋友的朋友又来，来多了，热闹了，经济发展了，那时候再想来，难度就大了，信不信由你。

我们的城市

城市野猫

有一句话是这样说的："城市让生活更美好。"的确，城市为我们带来了方便，城市为我们创造了丰富多彩的生活，城市让我们拥有舒适而优美的环境，城市还为我们提供了很多机遇，比如：到城市来赚钱，到城市来安家，总而言之，城市非常好，城市很享受。

然而，这些都离不开一个前提：那就是建设和管理。

我们来设想：要是一个人口稠密的地方，没有人打扫，没有交警，没有秩序，那又将是怎样一番模样。没有人打扫，不用半月，将会垃圾成堆，臭气迷漫；没有交警，不用三天，你有车也不能开动，成为废铁；没有秩序，大家都乱摆乱放，占道经营，连通行都成问题，这样的城市还有魅力吗？你还愿意在城里生活吗？人都跑光了，别说做生意，也别说来享受，连你自己都想逃跑，跑得远远的，因为这样的城市是无序的城市，无序的城市是"地狱"。

当前，城市管理的难点是乱摆摊位，很多乱摆乱放的人总与城管人员发生对峙，在此，我想对这些乱摆乱放的人说：管理是为你好。道理很简单，你从你自己的利益出发，你把道路挡一点，他不服气也把道路占一点，其他人也跟进，到头来处处都无法通行，通行受阻到一定程度，就成了死路一条，不是顾客不来光顾你，而是你把顾客拒之门外，你是在挡自己的财路，你是在自己整自己。

　话又说回来，我们像秋风扫落叶那样，把市面上的一切事物都来个一扫光又行不行呢？科学的回答是不可以。作为城市，乞讨者要有，施舍者也要有，卖烤红薯的要有，摆残棋的也要有，按摩店要有，预测的，看像的也要有，宗教场所要有，可控数量的小狗小猫也要有，正是这些多元的元素，汇成了城市文化，这种文化的效果就是三个字——"不单调"。比如我看见一个全身背着琴卖的老头，在广场用二胡拉起悠扬的曲调，用笛子吹出欢快的笛音，还有一个妇女在不挡道的地段摆了一把称体重的称，这些只会丰富城市生活，应当提倡而不会带来危害的事物，也被当作清除的对象，这就有所不妥，城市要是缺乏这些元素，就会枯燥无味。

　城市管理是必须的，但不能死板教条，如果我们不作为，城市将沦为无序的境地，如果我们死板教条，城市又会失去活力，如何解决这一问题，这就需要执法者从本质而不是从形式上作出理性判数，哪些已经影响市民生活和市容市貌了，需要坚决禁止，哪些却应当提倡和保护。怎样让我们的城市又有秩序，又有活力，应该集思广益，辩证施策。

　以上言论如有赞同，不胜荣幸。

抽烟心得

一个被禁锢多年的话题——香烟。过去，社会对香烟这个话题一直持回避态度，原因当然很简单："吸烟有害健康"。因此，不许撰文，不能宣传，不搭建话语平台，香烟文化领域长期成为禁区。今意外地得知号召撰文，正巧本公有话要说，不禁欣然提笔。

我今天要说的话题是美轮美奂的"娇子"。同时，与同仁们摆一摆抽烟与戒烟的龙门阵。

话说1973年，本人青春年少，无论是模仿力、好奇心都是出类拔萃的，看见大人抽烟，我感觉那是最时尚、最有派头的秀姿，我们一伙十五六岁的青沟子也模仿大人，刁一支烟在人前一站，把自己伪装成一个老练的家伙。渐渐地，我们真的就成了合格的烟民，我们开始嘲笑那些步我们后尘的小青年，对他们品头论足，一会儿说他们抽假烟，所谓抽假烟就是假装会抽烟，一会儿说他们姿势不自然。在我们的鞭策下，这些小青年很快朝着我们所谓的佳境靠拢。我还清楚地记得，现在好些烟鬼，都跟我们那时对他们的培养不无关系。

你看，我今天的话题是美轮美奂的"娇子"，可是我却在说小时候抽烟的事。

那时候"经济"烟每包8分，"等外"烟每包1角，我们都揣一包在身上，见了人点个头紧接着就献上一支烟，一副老江湖在此的样子。后来参加了工作，就揣两包烟在身上，一包价贱，一包价贵。我记得贵的一包叫"碧鸡"，价值 0.69 元，每逢看坝坝电影或是热闹处，就把外香型的碧鸡掏出来点上，在人群中颇有风度地一站，自我感觉好极了。回到家中，就换抽那价值 0.30 元的"索玛"。

对不起，我又没说到"娇子"，这是我文章的结构决定的。

烟厂的历史与我的抽烟史同行，我由一个不懂事的青年逐步成长为一个资深的烟民，有很多牌子的烟诞生了又消失了，我抽烟的习惯却从未间断过。现在那些消失的烟名已经在我脑海里成了珍贵的记忆，罗列如下：红安乐、春耕、天平、钢花、飞雁、工字牌、试制、黄金叶、并蒂莲、凤凰、劲松、比翼、飞马、翡翠、春城、三七、田七、杜仲、天麻、红缨、白沙、春燕、雄鸡、双鹿、攀枝花、金沙江。五牛香烟与我为伴，一路走来到了 2001 年，企业解体，职工下岗，我又很有缘分地做起了卷烟零售户，当然，我烟瘾也大有长进。你看，我还是没说到"娇子"。

近几年突发奇想，发誓要戒烟。当我把这个想法向亲朋好友宣布并付诸行动后才发现，这是一个非常幼稚的想法，用一句绝对的话：如登天。我平均每年要戒四五次烟，而每次却都是信誓旦旦地开始，然后悄无声息地躲着抽烟。

朋友：这下我终于说到"娇子"了。是这样的，抽烟人朋友多，有男也有女，女烟友招待我递来的是 X 娇子，仔细研究一番，焦油含量只有 8mg，烟气烟碱量为 0.6mg，烟气一氧化碳量为 8mg，而前文罗列的那些烟，焦油含量有的竟高达 15mg，其他两项虽然记不清，但也是很高的。一比较，抽这种烟对人体危害可减少一半，于是我认准这种对人体危害较小的烟来抽。又过了一段时间，娇子 X2 又问世，这种烟的有害物质更低，焦油量为 5mg，烟气烟碱量为 0.5mg，烟气一氧化碳量为 5mg，这样一来，对人体的危害就更小了，于是我再次换抽这种烟。我给这种烟命名为"爱心娇子"，因为它的 X 是用象征爱心的彩丝带来表示的。

抽烟心得

从此，我再不提戒烟的事，我高枕无忧地抽爱心娇子，我之所以有这样充实的生活，完全得益于爱心娇子的出现。我向这种烟的制造者致敬，他们把人性化的健康理念植入了我们的生活中，这是一种文明、进步的体现，是良苦的用心，是人文的关怀，让我既享受了抽烟的快乐，又让我的健康少受危害。

另外，娇子无论在制造还是外包装方面，都称得上精美绝伦。我们拿一包相同价位的烟与之比较，娇子的包装就略胜一筹。我们再由表及里看每一支烟，那制造也是非常标准、非常美观的。但是，现在一些人抽烟他并不看这些，而是看过不过瘾，其实，要制造这种焦油含量低的烟，工艺更复杂。

最近，我把抽烟的心得与朋友交流，大家都说戒烟很困难，难就难在只要是抽过烟的人，不管戒多少年的烟，一拿起烟就会抽，绝不像初学者是一个痛苦的过程。更有一种说法是，突然戒烟可能会得重病。于是大家也学着我这一招，抽爱心娇子，众人其乐融融。我也趁机大力宣传这种低焦油香烟的种种好处，加之本人人缘又好，周围的男女烟友都在我的店铺来买这种烟。殊不知店面一热闹，其他烟也跟着畅销，卷烟销售额大幅度提高，年年超额完成任务，多次被评为卷烟零售先进。嘿！我的初衷本来是为别人的健康着想，一不小心却为卷烟事业做出了贡献。

城市野猫

古时候有一种功劳叫汗马功劳，这种功劳是通过多年踏踏实实、勤勤恳恳的苦干得到的，是一般的功劳。我认为，我对卷烟事业做出的就是这种功劳，虽不值得沾沾自喜，却也颇感欣慰。

至此，我还想提点想法，对精益求精的生活的追求应该是永无止境，爱心娇子虽然把有害物质降到了最低，但是还不能说杜绝危害，我希望川渝中烟工业公司多研发几种低焦油的品牌香烟，甚至出现零危害的香烟，把不现实的戒烟之举变成抽零危害香烟的潇洒生活。

有一个美丽的地方 (之一)

　　从攀枝花市区向西行驶 118 公里，就到了盐边县格萨拉彝族乡，再从乡政府向西北行驶 16 公里，就是风景如画的九道竹林。

　　九道竹林有着惊人的美丽，我敢这样说：不管你多么的缺乏艺术细胞，不管你多么的缺乏欣赏水平，也不管你怎样的以排斥和顽固不化的心态去看待，只要你一来到它的身旁，都会无不惊叹，无不被这见所未见的奇观所折服。有例为证：当我第二次到九道竹林时，我对驾驶员说："风景这边独好。"他说："再好的风景对我这人来说都无动于衷。"我们就赌一顿饭，一路上我只字不提打赌的事，专讲笑话分散他的注意力。到了风景区，他就忘情地叫起来："啊！太美啦！"这时我便及时提醒他："你该付饭钱了。"谁知他却说："我愿意请客，因为值得。"

　　这还要感谢祖祖辈辈居住在这里的野猪、老熊、豹子、小熊猫，有它们的存在，就很少有人敢大摇大摆涉足这里。

　　今天，我们从它们那里将这片上亿年的原始生态景区完好地接管过来，而它们却因种种原因而消失，曾经义务地充当守护者，你说该不该说谢？

　　九道竹林的美，绝不是可以简单地用绿水青山来形容的，也不是把你头脑中美的概念加以夸张的结果，而是仿佛来到另一个世界。所以，有的人身临其境时，竟情不自禁地对那美丽的景色磕头。

九道竹林以它奇特的地貌和奇特的植物外观而取得每一位专家的认同，它的品位完全可以与九寨沟称兄道弟，与所有国家级风景区平起平坐。

　　缓坡上，那万亩盘松只高可腰、高可膝，五六种颜色的索玛（杜鹃）星罗棋布笑立其中，极目望去，万绿丛中一点红、一点白、一点粉、一点紫、一点蓝。松矮、花高，记得老师教的这叫做陪衬，这种结构被搭配得合情合理，每一面缓坡被陪衬得如人所愿。

　　缓坡下面是大面积的草地。草地上，同样星罗棋布的还有盘青。盘青就是生长在海拔 3000 米以上的青杠树，最矮的仅六七寸，高的不超过 2 米。矮的密不透风，一律长成界线分明、高低一致的圆团，决不散乱，圆团的直径为 3 米左右，且十分规则。

　　每一个圆团就是一个盆景，而人工盆景却没有它那份生机，远远望去，是一个个深绿色的堆。

城市野猫

　　高的盘青又是另一番情趣，以 10~20 棵为一组，像一个个大的盆景，树干上拟人地长着神秘的树胡子，清风一吹，树胡子随风飘摇，给人以悠久、古老的意境。

　　高、中、低三个层次的绿团互相搭配，错落有致，你会认为这是人工打造的园林，或者说城市里的人工园林，是模仿这里的特点所造。然而，它却实实在在是天然的。

　　如果你觉得我还没有将其表达清楚，我就用最笨拙的手法来表现：它就像西方的油画，它就像古代小说《绘图镜花缘》里的插图。

　　值得一提的是，就在这块平整的、小花开得如地毯一样的草地中央，有一道似沟似路、圆得绝对标准的大圆圈。传说当年在大雾弥漫时，能听到很真实的马蹄声，一道几寸深的干沟，土填不平，草不去安家，千百年来一直存在，这就奇了，当地人说这是神马的跑道。我虽然未听到神马的蹄声，却看见那跑道真实地展现在眼前。时至今日，我也不解。

　　向南走，是一片湿地，这是石蛙的天地。白天，它们钻进泥里；夜里，它们欢快地唱呀、跳呀，为这片景区增添另一种生机。

我有幸在白天也看见一只石蛙，它的花纹极艺术，黑底红花，像穿着铠甲的武士。

湿地上又长着很多野白菜，不疏不密，与人工栽植的相差无几。初一看，以为是人种的；细一看，却不是白菜。

湿地渗出来的水汇集成涓，浅浅的沟道里，汩汩地淌着细流，捧一捧来喝，是从来没有体验过的好味觉。流下去，汇聚成一个湖，马、牛、羊常来饮水，于是得一美名——饮马湖。

东面是一片高大的原始森林，整个风景区都拥有丰富的负离子，而原始森林中的负离子则更浓。你要是得了小感冒或是患有偏头痛，只要下定决心往前走，冒一点汗，吐故纳新，呼吸一小时，病痛就会不医自愈的。

原始森林的枯枝败叶落下来，形成一尺厚的天然地毯，在上面落脚，软绵绵、闪悠悠，绊一跤，像在床上栽跟斗。

野生动物不知去向，唯独野鸡不肯离去，它要与人类为伍，它要向游人展示漂亮的羽毛，它要为这里的景致再添一景。当你正兴致勃勃向前走，一不小心，噗嗤一声，一只野鸡突然从你脚下飞出，弄得你又惊又喜。

杉树是九道竹林的重要家族，它分布在景区的每一角落，冷杉、云杉、铁杉、红豆杉举目可见，其中以红豆杉最为珍贵，属国家一级保护植物，有很高的药用价值。听说木楂也要值几百元一斤，我想，这就是山珍。

雨季有雾，雾凝结成团，从低处向高处斜奔，这一团雾与另一团雾互不连接，几秒钟之间就有一团雾急匆匆轻盈飘过，有如千军万马冲锋陷阵。雾一团接着一团，一团雾就是一个夺取阵地的战士，或者说，每一团雾都会发生对《西游记》的联想。而人却不觉得有风吹。

要照相，你得抓住时机，要在两团雾之间按下快门。

雾上了缓坡停下来，重新凝结成小的圆团，附着在盘松顶

有一个美丽的地方（之二）

101

端，环视，到处都是白绵羊。

我所介绍的九道竹林风景并不全面，据说，要逛完所有景区，走马观花也得三天。在回来的路上，要是你的运气好，就能听见多情的导游姑娘放开喉咙唱歌："唱支山歌给你听，歌声美得像百灵，百灵住在彝家寨，红衣红裙黑眼睛，就像那五彩云……"

你看，我写九道竹林，写到文尾还没说到竹林，我把羞涩的话题放在后面，真正的九道竹林其实是在去景点的途中，去景点的路就从箭竹林中穿过，箭竹就是古代用来做箭矢的材料。羊肠小道在箭竹林的陡坡上转了九道之字拐，九道竹林因此而得名。因名字美，所以就将九道竹林统览的范围延伸到了现在的景区。

这里过去的确是箭竹的王国，其茂盛程度可用"竹海"一词。1951 年解放军与土匪在竹林中周旋，双方只隔 10 米，见竹林一动就开枪，谁也打不中谁。这种茂盛一直延续到八几年，后来被牛羊选定为无污染的绿色食品，就把它当饭吃了。根不好吃，就留下了。

现在，格萨拉人已对这里进行育竹，竹子像草，春风吹又生。今年，它又开始发笋，估计两年后，它又会恢复本来面目。就目前而言，这也丝毫不影响景区的主体。

我所描述的九道竹林，绝无半点夸张，我希望你一定去看一看，肯定不会后悔。

城市野猫

有一个美丽的地方 (之二)

九道竹林在盐边县格萨拉，岩羊岩位于九道竹林之东，有歌曰：

> 高不过岩哟
> 岩羊岩
> 岩上石头舍
> 滚下来
> 远看几个石头滚
> 近看岩羊跳下来

这就是岩羊岩的写照。我说不准它有多高，有多险，只知道站在岩顶往下看："哇塞，这么高。"双腿就软了。

站在岩脚往上看：它披一身黄红相间的铠甲，坚定地一站，就挡住了风的去路，水的去路，人的去路，视线的去路，然后你就会情不自禁地说一声：这真是万丈悬崖，壮美，壮哉！

然而，壮美也好，哇塞也好，用来描述它，都显得言之极轻，都不足以将那信息准确地传递。

那就这样来说吧，悬岩上住着些岩羊，科幻片里有个"超人"，岩羊就有那个"超人"的本领，人要修桥补路，这岩羊哟，它才不捡好路走呢，越陡它越要去，越险它越喜欢。

你再听我说：悬岩上常有凸出来的点，下面自然就有凹进去的点，这两点有五六十米的落差，岩羊能从凸点起跳，到了空中又向内转弯，划出一条美丽的弧线，从容地跳进凹点。

当岩羊在岩的上半部做凸凹跳时，人在岩脚下看，以为是几只大鸟在飞。这"飞"才能办到的事，岩羊却独出心裁，偏要"跳"。岩羊是怪才，怪在违反常理，怪在无翅而飞。

而岩羊在岩的下半部做凸凹跳，应该看得清了吧，然而初来者遇见岩羊跳岩，一般都以为是岩上掉下了石头，吓得四处躲避，躲一阵又不见石头下来，这说明还是看不清。这下你知道岩羊岩有多高了吧，用我的话说："岂是能用丈测尺量的!"

当然，造成这种错觉，除了岩的高远，还有一个原因，就是岩羊为了保护自己，通过多年的努力，就把自己的毛色变成了这岩的颜色，所以，不是你的眼不聪，而是这岩太高，是岩羊比你更聪明。

城市野猫

说到底，岩羊是被凶猛的动物逼上悬岩绝壁的，自从上了悬岩，就与世隔绝，永远不到平地上，只有猎人用枪将其打死，它才极不情愿地、壮烈地从岩上滚下来。你知道吗？岩羊就是山羊的祖仙，它被古人圈养后，就成了现在你熟悉的家畜。

岩羊岩的左面，从九道竹林下来一股好水在它脚下日夜流淌，"她"刚露面的位置是一段陡坡，水从陡坡上跳下来，是雪的颜色，流到平处，就变成一条透明的飘带。

岩羊岩好比一个壮男，伸出左臂想挡住"她"，而"她"却奋力在它的腋下闯出一个洞，水就通过这个洞流出，拐个弯，顺着岩的正面放着小跑，流向远方，"她"要流向人间，流向大海，什么力量也休想阻挡。这就是人们常说的又一景观——天洞。

天洞的上游，中间是宽阔的河床，两边是规则的河堤（当然是天生地造），水流在宽阔的河床中呈之字形，我数了一下，一共33个相似的弯。

常有山鹰从岩羊岩之巅倏地俯冲下来，带着风声，带着力量，落到水边，很大气地饱饮一番，再一展翅，直冲云霄，回到岩顶，俯视天下。

1976 年，一只山鹰双爪抓着一只玲珑的铜壶的提把，像鹞式飞机一样停在空中，突然，它对着水面斜翔下来，铜壶在水面点击了一下，浅起无数细碎的水花，水就舀进了铜壶，山鹰又带着盛了水的铜壶缓缓上升，飞回岩羊岩顶端。人们惊奇了一阵，突然意识到，这岩上有成千上万的财宝，这是早已被人们忘却的记忆，人们努力地追忆，追忆，再追忆，终于想起来了——

自从有了人，就有了战乱，一遇战乱，人们就将自己视作生命的金子、银子、铜壶、玉器，等等等等，纷纷藏到这岩上来，人很聪明，知道岩羊去的地方人去不了，岩羊不会偷财宝，藏到这里就像藏进了保险柜。

由此上溯到清朝，大约一百年前吧，岩羊岩下住着一个姓王的土豪，家有万贯，不思进取，却自以为聪明，恰恰被他以为不聪明的彝族人战败，逃离时曾立下誓言，要东山再起，反攻倒算，就将几百驮银子藏到了岩羊岩上。

又大约上溯到 1950 年左右的土地改革，奴隶主们害怕财产被没收，他们也聪明，不约而同地也将自己的所有财宝送上了岩羊岩，岩羊岩不费举手投足之劳，在几十年间一下变成了富翁。

后来有的聪明人死了，有的聪明人背井离乡，财宝们就静静地在这里沉睡，就在这里装点岩羊岩。然而，还是被一些去挖药的穷人发现好几处，他们说：这是自己的前辈藏下的，祖上没有藏下，后辈人怎么能找到呢？没有因果关系，怎能碰上这种好事呢？

根据这个原理，请诸位看了文章后，千万别想着去发横财，首先，藏宝者大不可能是你的祖先；第二，他是藏，你是找，藏者轻车熟路，寻者如大海捞针，你不是岩羊，不会做凸凹跳，弄不好会丢掉你那比金子更宝贵的生命；再就是，留下这些秘密，就为子孙后代留下了比财宝自身价值更大的财富。

岩羊岩啊！我要收笔了，你那上亿年的历史和令人惊奇的富有，肯定包容着无数的故事，我这九牛一毛的讲述，是何等的苍白，但也只好如此，请您海涵。

山之恋

冰　剑

海拔三千，峭壁壮观，滴水叮当——马道子山峦。

冬天一到，有水皆冰，有土皆霜，银白世界一片；太阳一出，银光闪闪，仙界、人间？

读一本优美的童话，安徒生笔下的孩子走进水晶宫殿，巧遇仙姑，从此幸福美满。于是激增了少年的好奇心，为神往而勇敢，毅然向银白的世界攀援，在那汩汩的小溪边，我发现了一把一把倒挂着的冰剑。

小溪已是气息恹恹，当她从一马平川来到悬崖边时，滴水竟成了冰剑。水不断渗出，冰剑便越来越长，有的中间夹一片树叶或小草，自然成为冰剑上装饰的花纹，玲珑剔透，美如玉簪，小心翼翼取下一把冰剑，在小朋友群中，立刻召来许多羡慕和钦佩。

采　菇

密林阴森，细雨沥沥，采菇。

山里孩子善钻密林，是采菇能手，山里的狗大显灵性，充当先锋，到了就先派狗去寻菇。

狗对小主人很卖力，一声口哨，它就钻进深林，一旦发现毒蛇猛兽，就悄悄跑回来，低声发出"呜呜呜"的报警声，我们就

城市野猫

迅速撤离。"汪汪汪"，听到狗那喜悦的呼唤，我们就飞快地跑去，那一片红艳艳的蘑菇，在墨绿色的林阴衬托下，颇有柳暗花明的意境。

雨中蘑菇，只需七八小时就会长大，因此，我们去的时候只采大菇，留下小菇，待到下午，留下的小菇又长大了，又由狗领着回头来采。为了让小菇尽量长大，往往延挨到黑才回家，大人担心，我们却高兴，狗也得意地摇着尾巴。

野　花

邀邀约约，进山采花，妹哎快来，同路好耍；
邀邀约约，进山背柴，哥哎快走，手儿拉手。

唱着山歌上山背柴，山野逢春，山花烂漫，花卉使人兴奋，花香助人精神，于是就有多情男女，相距两山穿梭般飘飞心声，把一个鸟语花香的春天唱得更美妙。

十二三岁的少年，一旦进入春之美的氛围，也会朦胧地萌发出男女间纯洁的眷恋。为了美，女孩子就插些野花在头上，将红色花粉抹在脸上，引得三两只山蝴蝶产生错觉，围着姑娘们翻飞，或停留在她们头上，野女孩瞬间就变得惹人喜爱了。背柴回家，就插些野花在柴缝里，远远望去，像背了一背花。

有一种不起眼的小花叫"米汤花"，全身有白色粉末，我别出心裁，将小花按在衣服上一拍，粉末就沾在衣服上，现出花的图形，穿着印满花的衣服在女孩子群中一站，我就好像成了白马王子。

挖　药

大人讲，山中有藤精，有藤精的地方药材星罗棋布。藤精会说人话，每当将要挖着它的时候，地下会传来声音："别挖着我了，别挖着我了。"人就反其道而行之，狠毒地将其挖出，连根连叶全部带回家，为人看病抓药时，每副药剂加上一小撮这种神药粉，包治百病。对这个故事我们深信不疑，梦寐以求地向往。

一日，我精神亢奋，迸发出进山的冲动，迎着飘香的晨风，快步来到那熟悉的朽松树桩旁歇息，油然生出神药之想。

离树桩一丈远处躺着一缕蓬勃的原始青藤，扬起的藤梢向着我张望，抖擞的藤叶在朝阳下闪着金光，我心里一动，会不会是藤精呢？就用锄头挖，希望地下传出人声，地下却传出空响的声音，翻出的泥土里有一点白色，我眼前一亮，竟是一个大茯苓躲在这缕青藤下面，我惊喜地将其挖出，细一看，酷似人形，我快活了很久。

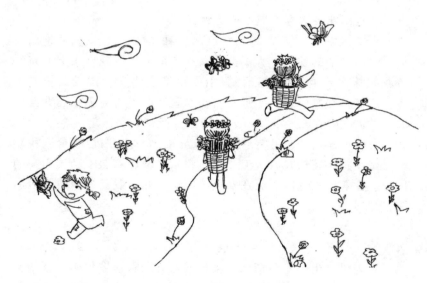

城边有个木撒拉

木撒拉——一个好听的地名呢，说它好听，是因为它富有诗意，富有神秘感，还像对姑娘的称谓。

名字好，地方也就错不了，凉快、清新、惬意，这是我和朋友们最没有争议、高度一致的感受。然而，就是这样一个好的地方，距盐边县城却仅仅 11 公里，距攀枝花市也仅仅 25 公里，好玩好耍的地方就在我们身边，这真是攀枝花市区居民和盐边县城居民的福气啊。

金秋，我们去木撒拉造访，去与之亲近。一路有溪水潺潺相迎，还有俊鸟啁啾为伴，不时与骑着马儿嘎达嘎达迎面过来的红衣村姑路遇。要是狭路相逢，她会勒住缰绳，送来一个微笑以示让行，这天我们一共收到三个微笑。

有诗云："山不在高，有仙则灵。"我根据此情此景改一改："山不在高，有水则灵。"木撒拉的山中有水成湖，汽车转眼就到了水库，清澈的水面映着蓝天白云，水中肥鱼制造出涟漪无数，七八个垂钓者悠闲地守候着各自心中的希望，与先前的所见相比，又是一番景致。

朋友将自带的白酒一咕噜饮了三分之一瓶，趁着酒兴，下水库游了个来回，此举虽然有悖安全，却也兑现了"人生能有几回醉"的夙愿。我不禁联想到要是这里开发旅游，必然会有几只象征安全系数的小船停泊岸边，继而又必然会生出些"让我们荡起双桨"的意境来。据打听，这样的水库木撒拉一共有 4 个。

再驱车前行，1000 多亩芒果树，300 多亩石榴树，在没有丝毫污染的环境中发育、生长，与满山遍野的野生红心果树并存，栽植的果树苗壮，野生的植物蓬勃，它们相互协作，共同承担起维护生态的重任，把那些山峦包裹得严严实实。

现从树上摘一个红心果来吃，不用洗，格外香，与市场上买来的相比较，差别大，用一句广告的话："味道好极了。"有胃病者，不妨到木撒拉来住下，吃些刚从树上摘下的野生红心果，日服 2 次，每次 3 枚，一个季度有望痊愈。

仰视，有山鹰在天空中盘旋，时而悠然自得，时而又停在空中一动不动，这并非是鹰在卖弄伎俩，究其因，是鹰能够准确地找到风力与惯性的平衡点，使身体在静止状态下也不会下落，从而得到休息。这不得不令我们佩服鹰的飞行技能，也不得不令我们感谢鹰在构建水陆空立体景观中的贡献。

又有俗话说："山高一丈，冰冷一尺。"那么同理，山高一丈，空气也要冷一尺才对呢。木撒拉的海拔与盐边县城相比，大概要高出 200 米，与市区相比，高出 280 米，加上四周环山，植被又好，里面的小气候相对不容易受到外面大气候的影响，有冬暖夏凉的特点。因此，夏季要比县城低 3 度，比市区低 4 度，而冬季又与外界恒温。

再从区位优势来看，它是唯一离县城距离最近的景区；市区也不例外，从县城驱车前往，10 分钟就到；从市区出发，30 分钟就到。综上所述，我们虽不能说它好到天堂的程度，但它的某些客观条件所构成的环境，也与世外桃源有雷同之处。当你被三十八九度的高温考验得快要举手投降的时候，你随时可以驱车投入她凉爽的怀抱，6、7、8、9 月份的木撒拉，53 平方公里生机勃勃的土地上，到处都是凉悠悠的哟！

这个较为理想、较为现实、等待开发的旅游地，一旦开发，盐边的、市区的人们就多了一个最近便、较理想的休闲地；一旦开发，木撒拉村就会更快地向着社会主义新农村的佳境靠拢。

我也曾经历过这样的事，市区朋友打电话来，要带男女若干来盐边走走，问可有一个好去处，这就令我头痛，走投无路之际，只好将其带到江边逛一圈为无奈之举。

　　好在喜闻木撒拉已被县政府列在第一批新农村建设的名单上，至于如何来建设这个新农村，桐子林镇党委、政府的想法也与本文的倡导完全一致，因此，我们就有理由相信，不久的将来，这个开发起来又快又省、有很强可塑性的木撒拉，将成为盐边县城区居民和市区居民旅游的乐园。

花儿开得好热闹

一条大船，泊在距米易县城 34 公里的崇山峻岭，用船来比喻普威的地貌，无疑是最生动、最贴切的。

季春，我们很有运气地从盐边到普威观赏桃花、梨花、油菜花。何为运气？第一，旅途要通畅，这天我们一路顺风，而且还踏上了刚刚开通的高速路的坦途。第二，三花难得同放，通常是油菜花开得早些，桃花和梨花开得晚些，今年这三花开的时间却很接近。第三，天公要作美，这天春光明媚，天空万里三云，好不让人惬意，可谓三全齐美。

普威正在朝着现代化农业大步迈进，普威人把这条大船的每个角落都铺满了鲜花，成为我市观光农业的排头兵。

船底长 10 公里、宽 2 公里的沃土，全部种上油菜；船沿下部，桃园梨园毗邻相连；船沿上部，是保护得上好的长毛松林。

登上山腰，桃花梨花红白相间，一树桃花就是一团火焰，一片梨花就是一片白雪，绽放的花朵们在春风中兴高采烈，笑立枝头，预示着丰收，预示着吉祥。男女们拿着相机尽情拍照，不失时机地为自己和别人留下美好的瞬间。想不到我这老气横秋的家伙，在繁花的陪衬下，也照出了让妻子满意的形象。

美女们就更不用说，平时略带愁苦、努力掩饰也无济于事的脸上，此刻便是眉开眼笑。羞花闭月之貌尽收镜头，妩媚动人之举也尽显真实，究其因，拍照的人并非行家里手，全凭托了桃

城市野猫

112

花、梨花的福。

俯瞰山下，是一个嫩黄的世界，黄灿灿的油菜花，把整个船底装扮得喜气洋洋。还有另一种效果：那就是整个天下干干净净，整个天下风光无限，我不禁联想到了"世外桃源"。

行走在油菜花中笔直的观光大道上，听得见蜜蜂们辛勤的嗡嗡声。菜花里照相，又有一种妙处，无数的菜花产生花光的反射，会让你僵硬的脸变得柔和。我想，我在花海中行走，在别人眼里，我就是在画中行走。春天，普威的大地上，到处都是香喷喷、凉悠悠的哟！

普威的春天是美好的，但是我想，普威的夏天和秋天肯定也是各有千秋。我还想再去普威，我还有一点遗憾，我还没有到过山顶，倾听久违的松涛声，噢——那声音远古而又伟大。

花儿开得好热闹

存钱二则

一、王木匠存钱

多年前，王木匠有 100 元钱，带在身上怕丢，还是存在银行稳当。

一年到了，王木匠去取，100 元变成了 106.34 元，王木匠大惑不解，反复问营业员："我存 100 元，取也应该是 100 元，怎么会变多了呢？"营业员说："那是利息。"王木匠还是不解，心想：这就日怪了，存钱还给利息，那银行不亏了吗？王木匠很好奇，逢人便问，最后居然问到银行领导那里去了。银行领导很乐意回答他的问题："我们把你存的钱借给企业，他们在还钱的同时还要给我们贷款利息，我们又在贷款利息中分了一部分给你，亏本事谁做？"

"嘿，我还不晓得这回事，二天我有钱了又来存。"王木匠说。

二、刘老太存钱

你相信吗？银行里也有趣事。话说去年 6 月，刘老太来到农村信用社，从裤裆里掏出一包里三层外三层包着还被汗水浸湿的钱来，声称要存活期。这钱刚一面世，就散发出以汗味为主的综合气味。营业尖着指头揭开层层湿纸，里面有 200 多元旧零钞。

两星期后刘老太来取钱，营业员将钱取给她，刘老太却说这钱不是她的，死活不要。原来她在存钱时用木炭在钱上划着记号，她要她原来存进去的那些钱，她对那些钱有感情。不得已，营业员只好拿些旧钱让她选，刘老太一边闻一边选，终于选了两百多元零零旧旧的钱又里三层外三层包好塞进裤裆。据了解，刘老太一直将裤裆当钱包，人在钱在。

好多人在帮助你

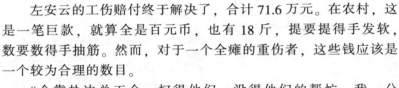

——盐边县总工会帮助伤残农民工左安云纪实

左安云的工伤赔付终于解决了，合计 71.6 万元。在农村，这是一笔巨款，就算全是百元币，也有 18 斤，提要提得手发软，数要数得手抽筋。然而，对于一个全瘫的重伤者，这些钱应该是一个较为合理的数目。

"全靠盐边总工会，权得他们，没得他们的帮忙，我一分钱也得不到。"这是 2011 年 8 月 4 日我采访左安云本人时他说的话。

左安云何许人？温泉乡农民，盐边县宗志矿业公司打工者，2008 年 10 月进厂，2009 年 4 月 9 日下班后骑车回家，途中翻车，头先触地，摔成与体育健将桑兰类似的那种伤——颈 6~7 椎骨折，引起四肢瘫痪。

出了这么大的工伤，入院就得交钱，然而，宗志矿业公司却不认。该公司的人也并非横人，他有他的道理：2009 年 3 月 8 日公司就与左安云本人签一份合同，内容是"不准骑车上下班，如果骑车上班途中出了交通事故自行负责"。合同刚好签了一个月零一天就出事，你说左安云的运气霉不霉？

公司不予理睬，身为农民的左安云分文无存，这个倒霉的农民瞬间就身处绝境了。

四肢瘫痪的左安云躺在医院由妻子护理，护理费倒是自行解决了，可医药费每天几千元，不找公司这药费是肯定付不起的。

管他合同不合同，救死扶伤是谁也不能违背的基本原则。于是，左安云的小舅子徐容珊就去找公司，开始了艰难的接洽。小徐爱钻研法律，他认为左安云和公司签的合同内容与《中华人民共和国工伤保险条例》相悖，是一份无效合同。

　　群众有问题找上级叫上访，小徐有问题找公司我把这叫公司访。小徐从4月15日起就开始了那累人的公司访，仅两个月时间，他就到公司去了100多次。而公司的想法是：该发的工资我发了，该进行的安全教育我搞了，规章制度也学了，合同也签了，现在要我负责，一时难以接受，双方始终各执己见，不能达成共识。矛盾已发展到顶峰，左安云一方的亲戚已经开始阻拦厂路和冲击公司办公地。小徐懂法，知道这是不理智的行为，弄不好还会铸成大错。一边劝导大家冷静，一边抱着试一试的想法，写了一封求助信，亲自来到盐边县总工会找黄大洲主席，黄主席下乡，信由办公室转交黄主席。

　　到了第三天，还真有了动静。小徐得到通知，箐河乡工会主席尤开强叫他到宗志矿业公司生产厂区，就左安云的工伤与公司进行调解。显然，这是尤主席得到了县总工会的通知。这次调解，公司仅向左安云以借支的名义支付48000元钱，但心里却很不服气，声称愿意到公堂上见分晓，法院判决后该付多少就付多少。

　　正在一筹莫展时，当天下午，黄大洲主席就打电话给小徐，询问情况，了解情况后，黄主席说：不要急，要冷静，我们会给你协调。

　　翌日，黄主席就此事召开专门会议，会议一致同意受理左安云工伤伤残一案。形成决议后，马上委派法律顾问安排法律咨询、工伤认定、律师援助等事宜。

　　事情经过一个个程序，就到了盐边县法院。现在法院判案讲人性化，以调解为主，既然称谓调解，就与判决有本质区别，换个说法就是协商。宗志公司的老板叫张宗志，他要是有抵触情绪，法院也难办。

此时，县总工会的领导们心里也在纠结，解决了甲的问题，乙就会有损失；乙要是不损失，甲的实际困难又怎么办？但是不管怎样，还得去面对。于是，委托盐边县司法局律师谷永兰与宗志公司商谈。谷永兰是攀枝花市首届优秀律师，优秀二字何以体现？那就是又要精通法律，又要有开导人的能力。谷永兰先从法律的责任进行说明，再从稳定厂里的生产秩序谈到左安云的具体困难，继而又谈到以和为贵的种种好处，一次谈不好就谈二次、三次，张宗志心善：既然大家都如此情真意切，那我就当积德，人家主动都要做光彩事业得嘛，钱是人找的。当真这样一想，心中就豁然开朗了。

　　张宗志一诺千金，一旦承诺，就决不食言，一经点头，就等于事情已经落到了实处。尽管公司资金紧张，还是在 15 天内将 71.6 万元现金不折不扣交给了左安云，于是就有了本文这个值得我们鼓掌与喝彩的故事。

　　总以为故事已告终结，然而这个故事还在继续。自 2010 年 9 月将左安云的工伤赔付落实至今，盐边县总工会又跟进后期帮扶。由总工会出资，为左安云购置康复的不锈钢固定支架一副、轮椅车一辆，多次送去慰问金。

　　2011 年 6 月，阴雨正浓，盐边县总工会又联系五院康复科专家、神经科专家、医务科负责人。再会同市总工会、温泉乡党委一行 9 人，沿着泥泞小道，专程到温泉乡八村一社对左安云的伤情进行复诊，并制定了长期康复计划和措施。几月后，左安云由一个彻底的瘫痪者奇迹般地恢复到能拨手机号，还能扶着支架走上七八步，那神态就好像看见了曙光。

　　故事，肯定还要延伸；本文，只能到此为止。

城市野猫

两种人

　　县城边有一人，常在他住房后面的山坡上砍伐不停，对象是那片可爱的幼青杠树林。他今日砍五棵，明日砍十棵，蚕食的办法好处有二：一是慢慢砍，不惹眼，让人觉得青山依旧；二是不累，在休闲中过了砍瘾，如果有人遇见，他就说：我砍几根锄把。人家心里虽然憎恨，无奈自己既非护林员，也非有关人员，奈何他不得，只好愤愤然了之。几年下来，郁郁葱葱的树林成了干瘪老头下巴上的虾米胡子。毁林者却自以为得意，嘻嘻，你看我的砍技特高，没见谁来把我逮住嘛。据了解，此人并非缺钱买蜂窝煤，而是不砍就像麻将高手三缺一那样难受；又据了解，此人斗大的字不识三升。

　　听说前几年二滩建设者驻地的欧方营地住着德国人，一工程师在自己门前种下一棵芭蕉树。到了夏季，芭蕉长出累累果实，一个个芭蕉密实紧挨，一串串芭蕉向他展示着丰收的景象。早就到了收获时节，工程师不忍摘，决不采。工程师认为这是门前的风景，要留着观赏，留着闻其香味，留着让鸟儿来吃。此举被传为佳话。我耳闻此事，就慕名前往，果然不是虚构。

　　这个德国人的故事，我们也用不着对其做什么升华，直截了当地说，就是一种习惯。那个砍树者的行为也是一种习惯，一个完全相同的词语，却演绎出两个完全相反的故事。

　　好习惯和坏习惯一样，"冰冻三尺非一日之寒"，那是长期形成的，不是一蹴而就可以改变的。对这种素质极低的人，总不能让奔小康社会的步伐停下来等他改正吧，总不能让我们在流血、在愤懑的心去等他觉悟吧，总不能让已经失去耐心的地球去等他立地成佛吧。到底怎么办？我的观点是：不能慢慢说服，只能打击，果断地打击，严厉地制裁。

这个制裁有两种，一个是人间的政策法规的制裁，还有一种是宇宙永恒不变的因果报应的制裁。现代科学认为水都有情感，更何况那楚楚动人的青枝绿叶，你破坏了那美好的事物，就不怕下辈子变成一个或丑陋、或多病、被人唾弃的家伙吗？不要说我语言刻薄，刻薄一点有好处，说轻了不容易改正，做了坏事，论唯物也好，论唯心也好，你都有罪，那是有恶报的哦！

城市野猫

三源河小夜曲 (歌词)

1
晚风和青青的小草在说什么？
惊醒了一条平静的小河。
星星和月亮在倾听什么？
三源河畔洒满了银色啰！
茶林的芬芳在随风飘荡，
小河的流水又清又凉；
迷人的夜色在远方，
迷人的生活在这方。
哦，在这方！

2
晚风和青青的小草在说什么？
惊醒了一条平静的小河。
星星和月亮在倾听什么？
三源河畔洒满了银色啰！
夜色中是谁在弹着吉他，
伴唱的姑娘坐在柳树下；
慢慢地弹来轻轻地唱，
歌声与水波在荡漾。
哦，在荡漾！

瀑 布 (歌词)

1
一股清泉，
来自高山，
飞下悬崖，
多么浪漫。
啦啦啦，啦啦啦…
化作洁白的浪花，
来把青山装点。
洒下银色的水珠，
绘成山水画卷。
永远悬挂在蓝天下面！
啦啦啦，啦啦啦……

2
一股清泉，
来自高山，
飞下悬崖，
多么浪漫。
啦啦啦，啦啦啦…
跳起奔腾的舞蹈，
迎接山野的春天。
放开歌喉来赞美，
这片锦绣河山。
日夜欢呼着生活美满！
啦啦啦，啦啦啦……

城市野猫

彝家百灵鸟 (歌词)

（一）
唱支山歌给你听
歌声美得像百灵
百灵住在彝家寨
红衣红裙黑眼睛
就像那五彩云

（二）
敬你一碗彝家酒
笑脸更比酒醉人
敬你一碗彝家茶
茶香伴着山歌声
飘上那五彩云

副　歌
山歌永远唱不尽
这边唱来那边应
百灵越唱越美妙
百灵越唱越多情

马道子 (歌词)

城市野猫

海拔三千
峭壁壮观
九道竹林
悬挂山间
春风吹来
山花烂漫
百鸟争鸣
彩蝶翩翩
这就是那山峦
说件事儿来你信不信
这里的清风能够为你洗衣衫

海拔三千
峭壁壮观
滴水叮咚
喷薄山泉
彝家姑娘
洗衣泉边
山歌飞扬
粉红笑脸
这就是那马道子山峦
说件事儿来你信不信
这里的姑娘心比阳光更灿烂

路的历程

（一）解放前

裂谷原始的路，
由赤足走出来。
被草鞋磨出来，
靠马蹄踏出来。

路被荆棘遮挡，
路在树丛掩藏。
其景令人生畏，
而且又弯又长。

常有毒蛇出没，
常有强盗行抢。
也有仇家暗杀，
也有难民逃荒。

商人进来兜售，
惨把命丧他乡。
官员进来施政，
曾受威逼逃亡。

125

一个封闭社会，
半个蒙昧之帮。
开明人士受害，
野蛮行径猖狂。

都是交通不便，
才有如此状况。
一些仁人志士，
倾力为此奔忙。

终因腐朽势力，
来把文明阻挡。
唯恐文明步伐，
去与旧制较量。

（二） 建设初期

攀枝花的公路，
是箢篼提出来。
拿锄头挖出来，
用肩膀扛出来。

路面黄土铺成，
高低凹凸不平。
车轮滚滚过处，
扬起满天灰尘，

常有塌方挡道，
常有陡坡难行。
也有泥浆飞溅，

城市野猫

126

也有各种险情。

虽然也算通车，
只能低速通行。
比起康庄大道，
还是大相径庭。

客运因陋就简，
货车改装载人。
常常超载为患，
乘车不及步行。

这种交通环境，
何时走向文明？
为了实现跨越，
发展势在必行。

锐意解放思想，
进行交通革命。
政府铺开蓝图，
规划锦绣前程。

(三) **幸福路**
炳枣大桥美观，
饱含科学理念。
坦然贯通南北，
桥面又平又宽。

江上平添一景，
着意装点人间。

127

车流如织不挤，
合理分流井然。

怎能小成即安？
更要一往直前。
敢于凿穿山洞，
去向顽岩宣战。

炳仁路线缩短，
大大节约时间。
十分钟内抵达，
就像神话一般。

筑起高速公路，
信步万里不远。
纵有千山阻隔，
行程只需一天。

城郊主要路线，
路灯亮起万盏。
把这山城之夜，
变成夜间乐园。

还有乡道村道，
也是村村相连。
六十春秋回顾，
无不感慨万千。

开心词典

　　魔鬼词典是将常规词语用非常规思维（即逆向思维）进行发挥，或有意曲解，或望文生义，或片面理解，或歪打正着，使之产生戏剧效果。最近，作者偶得灵感，发明了一些词语解释，现将其发表出来，与读者共飨。

　　艺术家——剃着光头唱歌的男性。

　　情人——晴天的人。

　　排长——瘦人。

　　副排长——次瘦者。

　　团长——胖子。

　　黑暗——永远不能被感动的事物。

　　已婚——头被石头打了出现的症状。

　　未婚——头脑还很清醒。

　　屠刀——屠户用的刀。

　　电视——又卖好药，又劝大家吃药的地方。

　　困难——富人和穷人共同面临的境况。

　　老朋友——皱纹多且关系密切者。

　　贵人——躲在柜子里的人。

　　富翁——社会财富的保管员。

　　执着——缺乏悟性的近义词。

　　公理——与婆理势不两立的道理。

工人——母人的丈夫。

憨厚——睡觉打呼噜的样子。

团结——两个胖子握手。

愉快——看见别人倒霉时表现出来的心态。

人身保险——用生命换取金钱的方法。

错误——犯了就改正，下次再犯了就再改正的事物。

金钱——人生财富的一部分。

大炮——不允许打苍蝇的武器。

体贴——身体与身体零距离接触。

特务——为你提供特别服务的人。

冷笑——热笑的反义词。

划得过——摇桨渡河前表示决心的誓言。

调度——大肚子。

当然——内裤着火。

城市野猫

对联集锦

森林部队联（5联）

干柴烈火火焰咄咄逼人
豪杰勇士士卒跃跃逞英

护林防火大地年年锦绣
拥政亲民中华代代和谐

交心交友交兄弟
习武习文习乡风

社会联（6联）

开拓者偏向虎山铤而走险过关折将
有志士敢取蜀道冲锋陷阵马到成功
横批：下海经商

酸秀才始终不卑不亢
穷写匠居然忧国忧民

玉石奇石观赏石
精品赠品纪念品

学一门高雅艺术
奏七个和谐音符
横批：琴行

金沙四季翻银浪
苏铁六月举金花

政治协商商讨政治大事
人民代表表达人民心声

春联 (3联)

攀枝花含苞怒放迎风潇洒
雅砻江激流涌进回水柔姿

未来运气无限好
当前喜庆尤其多

华夏迎来辛卯年
小城又逢艳阳天

城市野猫

土话闲谈

土话在历史上曾是当地语言的主体，后来逐步被标准用语取代。它们不但非常生动，而且曾经为社会发展做出过重要贡献。

1. 利子——我利子给你留起的；我利子这样做的；你是利子干的。译作标准用语就是："故意"、"特意"（根据语境而定）。"利子"一词在20年前人们脱口而出，但在今天用"利子"一词，谁也听不懂。

2. 死了——这种东西好吃死了；他们说话好笑死了；商店里的东西要贵死了；电影好看死了。译作标准用语是：好到了极点，表示好的程度，"死了"是最大程度。修辞手法是夸张。

3. 转经——我与他僵持不下，需要有人来转经；眼看我们都要打起来了，你也不来转转经。译作标准用语为调停，或给对方下台的机会。转经的原意是念经消灾去病，但念了一阵觉得这本经不生效，要换另一本经来念才能对路。修辞手法是象征。

4. 钩腰驼——他整我的钩腰驼；不准整我的钩腰驼哈。译作标准用语是：严重，过分。整钩腰驼就是要把你整得比宰相刘罗锅还不如的地步，叫你脸朝黄土背朝天，身体呈九十度直角，可见被整的程度之大。修辞手法是夸张。

5. 白火石——你这个白火石娃儿；那个人是个白火石。译作标准用语是：撒谎。此话源自钻本取火后的一段时期，人类用钢与一种白石头的棱角碰击，发出火花，再引燃火草的取火方法。

不知为什么，人们把不实在、靠不住的人叫做白火石。

6. 架式——时间不早了，还不架势；今天架势架得迟。译作标准用语为："上工了"、"开始了"、"预备动作"。这是把动词形象化。

7. 男边、女边——男边的种地，女边的煮饭；男边的洗澡，女边的参观。这句土话出自上世纪六七十年代，原因是男女有别，不能鱼龙混杂，要把男人和女人分为界线分明的两大阵营，该土话现已消失。

8. 一板连——一板连都请坐；一板连都是我们的人。译作标准用语是：全部的人，所有的人，对应的词语大概应该叫"笼统"。

9. 贱相——你是个贱相；你贱眉贱眼的；全县的人数你最贱。译作标准用语是：不高贵，令人讨厌。这是把相学术语生活化。

10. 飞好——她的相貌和身材长得飞好的；他待人飞好的。译作标准用语是好得让人满意，好得赏心悦目，好得像鸟儿飞翔那样优雅。这是比喻。

11. 告——"你告不告？告就告！""某件事告一下就知道了。""告"的第一层意思是"较劲"。第二层意思是"试一试"，即"求证"。这句话最初产生于到衙门打官司告状，后来延伸为一句口头禅。

12. 下细——下细点唦，这个人做事飞下细的。"下"与"细"分开说，含义也基本相同。"下"是谨慎，保持低调；"细"是一定要小心。"下"是词意的转移，"细"也一样。

13. 打牙祭——译作标准用语是"吃肉"。祭祀神仙要用刀头（肉），祭祀牙齿也用肉，所以打牙祭即吃肉，用者有"神不能乱请，香不能乱烧"之说，一个年中仅几个祭日，比喻吃一顿肉不是一件罪事。

14. 哈哈儿——你稍等哈哈儿；从甲地到乙地哈哈儿就到。意思就是很快，打个哈哈的时间。属概念词。

15. 闹药——毒药、服了毒药弄得左邻右舍鸡犬不宁。施救者与服毒者都弄出较大动静，"闹"为这种场面的主要特征，故

称闹药。

16. 甲甲——身垢。"甲"在十天干中位居第一，两个"甲"放在一起为强强联手，身垢特多。

17. 细细——包带。有道是"花包包、绿细细，越背起日气。"包带细小，为象开语言。

18. 下细——路上下细点哟；你做事一点不下细。标准用语为小心、低调。

19. 扁卦——武术，武术的步伐要按八卦格局；八卦是圆形，武术稍有变化呈扁形，因此为扁卦。

20. 关火——实权。他说话很关火；最关火的东西是钱；煮饭时把火门一关，锅里温度就会快速上升。属比喻。

21. 检得的——活该。

22. 些得好——万幸。那辆车出去就翻了，些得好我没有上那辆车。

23. 不上桥——书面语言为"不得体"。他说话不上桥。

24. 㬊棘——书面语为"刁难"。我说搭他个顺路车，他不同意，交通又不便，被他㬊棘实在了。

25. 水的——像水一样，不牢固。比喻所办之事还未落实，靠不住的意思。

26. 锭子——拳头。拳头捏着像一锭银子，简称锭子。

28. 撇砣——拳头。女人打架爱抓扯纠缠，男子打架用拳头(撇砣)。这里表示干脆、痛快。如：这件衣服的价格为1082元，干脆撇砣点，1000元卖给我。

29. 打发单——开发票。

30. 经忧——亲自经手，随时关注。如：他的母亲住院，他要去经忧。

31. 绑复——反复叮嘱。仿佛是想用绳子把所叮嘱的话绑在听者身上才放心。

32. 日气——北方叫窝火。有火没地方发泄，想对空气实施性行为，十分无奈。为比喻。

土话闲谈

33. 日毛——很好，不借。这个人不错，这个人就日毛；这个人是坏人，这个人就不日毛。

34. 打伙——共同。如有了东西我们打伙吃，有了票子我们打伙分。

35. 打平伙——AA 制。如：明天上山野餐，你带菜，我带米，他带肉，我们打平伙。

36. 打得粗——能过艰苦生活。

37. 二天——二天并非第二天，而是指以后。如：二天到我家做客。

38. 老油子——老有经验。

39. 屙倒屎——呕吐。

40. 下话——求情、求饶。用低下的语气有求于人。

41. 一火链——火链比钻木取火先进一点的工具，书面语为"一下子"。

42. 不上桥——他说话不上桥。正解为不会说话，出言不妥。

43. 捞不到——不知道。

44. 会想——具有宽阔的胸襟，宽容的德行，思想开明。

城市野猫